Bibliografische Information der Deutschen Nationalbibliothek
Die Deutsche Nationalbibliothek verzeichnet diese
Publikation in der Deutschen Nationalbibliografie;
detaillierte bibliografische Daten sind im Internet über
http://dnb.d-nb.de abrufbar.

AF286803

© 2006 Cleo de Grintstat und Leo di Luculum
Herstellung und Verlag: Books on Demand GmbH, Norderstedt

ISBN 9783833494055

Einleitung

Selbst wenn sie allein ist, kann sie nicht weinen. Jedes Mal legt sie aufs Neue ihre Maske auf und weint heimlich in sich hinein. Wann sie das letzte Mal geweint hat, weiß sie nicht mehr. Ihre Erinnerungen reichen weit zurück und sind oft sehr schmerzlich. Doch auch die schmerzlichsten Erinnerungen, wie Trennungen oder Verluste geliebter Menschen, führen zu keiner erkennbaren Gefühlsregung. Man könnte meinen, dass ihr Leben ziemlich trist und grau ist, aber es ist nicht so. Wenige vermögen es ihre Maske zu durchschauen. Das Einzige, was ihr geblieben ist, ist die Einsamkeit, die sie genießt. Diese Momente in denen sie ganz allein ist, stärken sie, lassen sie vieles leichter ertragen. Durch sie kann sie ihre Maske bewahren ohne ihr Gesicht zu verlieren.

Zurzeit ist sie am Meer; hier ist es nie still. Sie beobachtet die Wellen, die sich an den Felsen brechen. Besonders nachts, im Mondlicht, regt diese Atmosphäre ihre Kreativität an. Für einen kurzen Moment sieht es so aus, als ob tausend Sterne ins Meer gefallen sind, um dort zu sterben. Nur kurz leuchten sie auf, bevor sie unwiederbringlich verschwunden sind. All das wird durch die schwermütige Musik, die sie anhört, noch verstärkt. Doch auch das hat keine Wirkung.

Die Menschen, die an ihr vorbei gehen, beachten sie kaum, nehmen sie gar nicht wahr. Manchmal fühlt sie sich verloren, trotz des regen Lebens um sie herum. Aber das wird nie ein Mensch erfahren. Sie träumt von einer Karriere als Schriftstellerin, der einzige Traum, den sie überhaupt hat. Gerade schreibt sie über Gefühle, das kann sie gut, aber nur wenn es nicht ihre eigenen sind. Sie schreibt sie aus ihrer Erinnerung auf, aber kein einziges wird je in ihrem Gesicht einen Ausdruck bekommen. Ihre Maske ist perfekt, bald wird niemand mehr dahinter schauen können.

Eine dunkle Erinnerung,
von Träumen begleitet,
Fantasie des Schlafes,
von Gedanken geleitet,
Oden an das Leben,
Leben das leer ist,
eine Welt aus Stein,
sollten unsere Auge denn nicht sehen?
Blind sind sie,
die Schönheit zu sehen, die im Herzen wohnt,
ist ein Mensch nicht in sich schön?
Lass das Auge kein Trugbild bauen,
doch wir sehen blind,
und so entsteht ein blasses Bild,
ein Bild das hässlich schön tüncht,
sieh hinein und lerne,
Mensch, der du blind bist,
stumm und leer,
lerne zu sehen, was tiefer liegt,
ist doch wahrhaft schön was sanft sich gibt,
doch kraftlos schön,
kann die Welt denn so bestehen?
Hilf ihr sehen, Weg der Blinden,
der erste Schritt zum wahren Leben...

Das Zeichen eine Rose aus Eis,
es blendet eure Augen,
doch Kälte gegenüber einer Gesellschaft,
einer Gesellschaft, die sich blind führen lässt,
warum aber diese Kälte,
warum dieser Hass auf Fremdes,
nur weil es anders ist?
Für mich ein Schutz,
Fassaden geben keinen Einblick,
mein Innerstes mein Eigen,
ich lasse niemanden ein,
die Tür lässt sich nicht öffnen,
nicht mehr,
noch irgendwann,
doch meine Augen Fenster,
wer hinein sieht, wird leiden,
vielleicht erwachen,
sich aus dem Nichts lösen,
und leben.

Liebe und Leid

Liebe,
dieses eine Wort,
verboten schön,
doch so achtlos gesprochen,

Liebe,
dieses eine Gefühl,
grausam kalt,
doch so verbergend,

Liebe,
dieses eine Wahre,
so endlos schwarz,
doch so allheilend.

Sprich es nur einmal aus,
es ist Rettung,
es ist Untergang,
es ist das eine,
und doch auch das andere,
es ist Sünde,
und doch auch Vergebung,
es ist das Ziel,
und doch auch der Weg,
Leben und Tod,
Frieden und Krieg,
es ist das,
und doch auch nichts.

Liebe ist das stärkste Gebrechen des Menschen, da sie unweigerlich in Abhängigkeit führt. Doch genau das ist es, was wir wollen, was Liebe bedeutet und warum wir mit einem anderen Menschen zusammen sind. Sie berührt d e Sinne, lässt das Herz seine Trägheit vergessen und ergreift vollständig Besitz vom menschlichen Körper und gerade deshalb streitet man sich, versöhnt man sich oder trennt sich. Man streitet sich aus Angst, versöhnt sich aus Liebe oder trennt sich sogar, weil die Liebe zu schwach war. So viele Worte, die du zu mir sagtest. Bedeutungslos scheinen sie nun. Nichts ist wie vorher. Es bleibt ein Gefühl der Enttäuschung. Alles was du hinterlässt ist Stille, Leere, Schweigen. Innerlich ausgebrannt, nur der Schmerz bleibt und lässt mich weinen. Heiß brennen sich die Tränen in mein Gesicht, so wie deine Abschiedsworte sich in mein Herz gebrannt haben. Ich bin am Ende, deine Liebe gab mir Kraft, hielt mich am Leben, nährte mich.

Nur einmal noch wollte ich dieses Gefühl haben, mich fallen lassen in der Gewissheit, dass du mich auffängst. Nackt will ich vor dir stehen, entblößt, so dass du mich sehen kannst wie ich wirklich bin. Das kann nicht alles gewesen sein, träumte ich nur die schöne Zeit mit dir? Traf mich deshalb der Schmerz so tief, so unvorbereitet? Ich will doch am Leben bleiben, ich will einen Halt. Du warst dieser und nun sinke ich immer tiefer. Kein Ende ist in Sicht. Jeder Atemzug schmerzt, jeder Gedanke an dich tötet mich mehr.

Für die Ewigkeit, wir schworen uns ewige Liebe, Liebe ohne Grenzen, und jetzt? Nur Schmerz bleibt zurück. Wie konntest du mich verlassen? Ich kann es nicht verstehen, will es nicht verstehen. Die Verzweiflung bringt mich um den Verstand, lässt mich wahnsinnig werden. Ich kann deinen Atem spüren, das Zittern deiner Hände sehen. Keine Hoffnung auf eine zweite Chance, nicht einmal die gibst du mir. Ich habe Hoffnung für uns beide, nicht einmal lieben müsstest du mich, doch tust du es noch. Warum? Wieso? Der Abschied wird nie enden. Nimm mich an die Hand und führe mich durch diese Tage ohne sie, wer immer du bist, wärme mein Herz, bitte! Das Leben ist hart, der Schmerz tief, allein schaffe ich es nicht. Hilf mir, ich flehe dich an, halt mich fest, mein Leben liegt in deiner Hand und mein Herz zu deinen Füßen, wie ich am Grunde des Ozeans meiner Tränen.

Es ist ruhig,
sanfte Finsternis,
wie Samt auf meiner wunden Seele,
die Gedanken der Zukunft schleichen sich heran,
kriechen ins Dunkel,
befallen mein Herz,
Vergangenheit nah,
in dieser Seele Finsternis,
drohende Einsamkeit,
sie wird mich einholen,
dieser Weg hoch oben,
kalt und dunkel ist er,
wilde Augen seh' ich,
Vögel krächzen ihr einsam Lied,
kalte Schauer jagen,
doch ruhig mein Herz,
kalt und leer ist dieser Ort,
nicht einen Funken Lichtes wert,
eisige Stille,
Kraft wird wachsen ohne Ziel,
Schreie geben Freiheit,
nur von wo,
auf welchem kahlen Weg,
ewiger Ruhe quälendes Denken,
so kehr ein in dich selbst mein Herz,
die Zeit steht in dir still,
sanfte Finsternis legt sich nieder,
endlich dieses samtene, stille Schwarz...

Nackt sitze ich hier am Strand. Mir ist so kalt, ich verbrannte meine Kleider in der Hoffnung, dass sie mir Wärme spenden würden. Das Feuer ist jedoch längst erloschen, ohne diese Kälte mindern zu können. Ausgebrannt mein Inneres, kein Feuer wird darin wieder Nahrung finden.

Ich schaue auf das schwarze Wasser und warte. Dann ist es endlich so weit, ihr seid da, meine Sehnsucht, mein daraus resultierender Schmerz. Wieder tretet ihr an meine Seite um mir Qualen zu bereiten, mir meinen Schlaf zu rauben. Aber seitdem ihr meine Begleiter seid, brauche ich keinen Schlaf mehr. Heute habe ich diesen Ort aufgesucht und trotzdem habt ihr mich gefunden. Ihr schickt mir diese Erinnerungen, an die Zeit als ich Schlaf fand in diesen Armen, die schützend um mich gelegt wurden, um all meine Alpträume und die Schatten zu vertreiben. Warum tut ihr das?

Das Paradies ist zerbrochen, meine Träume sind hinweg gespült in diesem Tränenmeer. Das Wasser reicht mir bereits bis zu den Knien.

Versuche ich einzuschlafen, begleitet mich dein Duft, so als wärest du hier neben mir, doch da ist niemand, nur die kahle Wand. Keine Wärme mehr an deinem Platz. Ich habe es aufgegeben zu schlafen. Überfällt mich die Müdigkeit, dann träume ich von dir, von dem was wir uns erträumt hatten.

So deutlich habe ich es vor mir, wie du auf mir lagst, mich anschautest und mir deine Liebesschwüre ins Ohr geflüstert hast. Du warst so lebendig, jetzt siehst du nicht einmal mehr in meine Augen. Ich weiß warum, sie sind getrübt und tot, obwohl sie einst so klar waren wie das Wasser, das mir jetzt bis zur Brust steht.

„Wie viel Zeit werde ich noch haben?" hämmert es in meinem Kopf. Aber was bedeutet jetzt noch Zeit, wenn ich doch zwei Begleiter habe, die nicht von meiner Seite weichen und meine Ewigkeit bestimmen wollen. Anfangs waren sie nur kurz bei mir, jetzt überlagern sie mit ihrer Kraft alles andere, alles was mir jemals wichtig war. Warum kommst du nicht um die Zeit anzuhalten? Nur einen Augenblick, in dem ich den Atem anhalten werde. Vielleicht vergeht dann alles, vielleicht kommt meine Hoffnung wieder zu mir zurück, um die Sehnsucht und den Schmerz zu verdrängen. Dabei weiß ich ganz genau, dass sich nichts mehr ändern wird.

Ich lege mich auf das Wasser, das jetzt überall ist, schaue in den Himmel. Wo sind die Sterne die alles erhellten? Den Mond sehe ich nicht mehr, verschwunden hinter dunklen Wolken, aber die Sterne sind so zahlreich, doch keinen einzigen Schimmer sehe ich von ihnen. Das Meer spürt, dass keine Hoffnung mehr in mir ist. Alles ist weg und ich verliere den Halt, immer schneller dem Meeresgrund entgegen.

Nun bin ich unten angekommen, nur noch Finsternis ist hier. Ich möchte schreien, doch wie soll man unter Wasser schreien ohne dabei den Tod zu finden? Trotzdem versuche ich es, um eins zu werden mit diesem Schwarz, tief versunken im Erinnerungsmeer der Nacht, in dem meine Tränen das Wasser sind.

Ich greife nach jedem Halm,
lebendige Qualen,
doch immer wieder,
unendliche Mal,
eine scharfe Kante,
schneidet mir in Seele und Geist,
und schwarze Tränen quellen hervor.

Ein Glas voll,
nur ein Staubkorn Zeit,
die Nege wächst zum Bach,
aus diesem ein reißender Fluss,
ein Meer,
doch letztendlich,
ein unerreichbarer Ozean.

Ich stehe auf der Schwelle eine neue Welt zu entdecken. Eine Welt, in der ich meine Gedanken frei äußern kann, ohne dass jemand daran Anstoß nehmen wird. Doch sind zu viele Gedanken in meinem Kopf, zu viele um sie aufzuschreiben. Sie sind ungeordnet und verworren. Nicht einmal den Entschluss kann ich fassen die Schwelle zu übertreten. Es ist nicht die Angst, die mich davon abhält, sondern du. Nur noch ein kleiner Schritt und ich bin dort. Wie Blitze schießen Bilder von dir durch meinen Kopf, alles was wir zusammen erlebt haben. Ich kann es nicht, will es aber, du bist verloren für immer. Nie wieder werde ich dich sehen, mit dir Freude und Leid teilen. Du bist so weit weg. Meine Hoffnung dich jemals wieder zu sehen ist mir genommen. Ich kann dir nicht folgen, nicht den gleichen Weg gehen wie du.

Jetzt werde ich es tun, was bleibt mir ohne dich? Nichts außer Erinnerungen, qualvolle und schmerzliche Erinnerungen, die sich tief in mein Herz eingegraben haben. Nimm sie fort, sie tun mir weh, zerreißen mein Herz, durchströmen mein Gehirn, meinen Körper. Warum kann ich nicht zu dir? Nachts im Kerzenschein – die Schatten verfolgen mich, malen Bilder von dir an die Wand. Ich kann es nicht mehr ertragen, will es nicht mehr sehen. Die Welt ohne dich ist grau und ohne Farbe. Der Schmerz ist so unendlich tief in mir verwurzelt, er lässt mich nicht mehr los.

Mein rechter Fuß befindet sich jetzt hinter der Schwelle. Noch zögere ich, aber zurück kann ich nicht, will ich nicht. Dann müsste ich den gleichen Weg gehen, wie soll ich das ohne dich tun? Zaghaft hebe ich den linken Fuß, nur noch wenige Zentimeter. Ich setze meinen Fuß auf. Plötzlich wird mir der Boden weggerissen. Zu Staub zerfällt diese neue Welt, die ich eben noch so klar vor mir sah. Was soll das? So viel versprach ich mir von ihr, so viel erzähltest du mir von ihr. Mein Körper stürzt hinab, ein endloser Fall. Wo werde ich ankommen, was passiert mit mir? Meine Gedanken sollten eigentlich frei und vor allem nicht mehr durch Gefühle beschwert sein. Gefühle habe ich im Moment nicht mehr. Es bleibt nur die Frage, was als nächstes kommt. Werde ich nach diesem Fall in diesen dunklen Abgrund irgendwann ankommen oder zerschellt mein Körper? Endlich wird der Fall abgebremst, sanft lande ich auf einer Wiese oder doch auf etwas anderem? Ich erkenne nichts, es ist alles dunkel, in schwarz gehüllt. Auch nach längerem Warten gewöhnen sich meine Augen nicht an die Dunkelheit. Ist das die neue Welt oder bin ich blind? Nichts kann ich sehen. Aber ich habe keine Angst, überhaupt spüre ich nichts, vernebelt sind meine Gefühle. Ein Schleier liegt über ihnen, verhüllt sie. Etwas nähert sich, ich weiß nicht, was es ist, sehe nichts, fürchte mich nicht. Weglaufen kann ich nicht, wo sollte ich schon hin? Die wirkliche Welt habe ich verlassen, weiß nicht wo ich bin. Meine Stimme versagt, nicht einmal rufen kann ich. Es ist jetzt ganz nah, kommt immer näher an mich heran. Wärme geht von ihm aus, keine normale Wärme, eher Hitze, ich fürchte zu verbrennen. Mein gesamter Körper ist davon erfasst. Ich will mehr. Ein Mensch kommt auf mich zu, aber wie ist das möglich frage ich mich. Schließlich habe ich die reale Welt hinter mir gelassen, bin aus ihr herausgetreten an einen versprochenen besseren Ort. Hinter mir steht jemand. Zwei Arme umschließen mich. Wie kann das sein? Hier soll es keine Menschen geben. Ich versuche zu rufen, doch bevor ich auch nur einen einzigen Ton herausbringen kann, wird mir ein Arm vor den Mund gehalten, gepresst. Ein warmer Tropfen kommt auf

14

meine Lippen. Der Arm wird weggenommen. Mit meiner Zunge entferne ich den Tropfen. Einen leicht süßlichen Geschmack hat er, mit einem Hauch von Eisen. Blut, denke ich bei mir, es ist Blut was da auf meiner Lippe war. Ein Schmerz geht durch meinen Körper. Meine Sinne schärfen sich, die Kraft kehrt zurück. Mein Blick wird klarer. Ich sehe die Welt um mich herum in ein dunkles Rot getaucht. Langsam richte ich mich auf und drehe mich um. Da stehst du. Du bist es tatsächlich, daran besteht kein Zweifel. Aber hattest du nicht meine Welt verlassen, so dass dir niemand folgen konnte? Ich verstehe das nicht. Du sagst, dass du nicht ohne mich sein kannst und mich zu dir holen wolltest. Alles werde ich verstehen, schon bald. Mir fällt auf, dass du deinen Mund nicht bewegt hast als du zu mir gesprochen hast. Wie kann das sein frage ich, doch bin ich unfähig auch nur ein Wort zu sprechen. Meine Gedanken sind in dir, so wie deine in mir sind. Worte sind überflüssig und den Menschen vorbehalten. Ich bin jetzt in deiner Welt, in unserer. Wir werden die einzigen hier sein, können die Menschen trotzdem betrachten und uns unter ihnen bewegen. Sie werden uns nicht wahrnehmen, wir sind keine Menschen mehr.

Das meintest du also mit der anderen Welt und den freien Gedanken. Jetzt bin auch ich in ihr. Deine Gefühle werden stärker sein als jemals zuvor sagst du zu mir. Ich werde schnell lernen mit ihnen umzugehen und mich hier zurechtfinden. Wir werden ein neues Leben haben. Wir werden viele Schmerzen zu ertragen haben, aber du wirst mir zeigen, dass es schön sein kann zu leiden.

Ich will Dunkelheit,
weiße Haut,
rotes Blut,
meine spitzen Zähne,
sie bohren sich in dein Fleisch,

Dein Hals so süß,
so rotes Blut,
einmalig,
ich falle,
meine dunkle Sonne.

Dein Blut so rein,
so ein Kontrast,
gib es mir,
ich will dich verlieren,
in dir ertrinken.

Mit deinem Blut,
du gehörst mir,
ich habe solchen Durst,
baden werde ich in deinem Blut,
du wirst unsterblich sein, in mir.

Gib es mir,
dieses köstliche Rot,
Feuer der Verdammnis,
es wird ewig in meinen Adern brennen,

Dich lieben?
Das kann ich nicht,
eisiger Stein,
in der Zeit gefangen,
bist du mein Leben.

Offen war mein Herz, für einen Moment konntest du zu ihm hindurch dringen. Doch schon im nächsten Augenblick überfielen es die Erinnerungen. Zu viele Enttäuschungen, schmerzliche Enttäuschungen, zu viele Lügen, zu viele Intrigen. Leiden musste mein Herz, schrecklich leiden. Erholt hat es sich davon nie. Es wird sich nie mehr erholen. Zerbrochen, nichts hält es mehr zusammen, fort ist es. An seiner Stelle ein Stein. Ich fühle nichts mehr. Rettet mich doch, bringt mein Herz zurück an seinen rechten Platz, bevor es zu spät ist. Wahrscheinlich ist es schon zu spät, ich vermisse nicht mehr diese warmen Gefühle, die man hat, wenn man verliebt ist. Was soll ich tun? Alle Rettungsversuche umsonst. Es gibt nichts, was ihr unversucht gelassen habt. Sind dadurch aber nicht nur noch mehr Enttäuschungen entstanden? Was hält mich noch hier, wenn die Liebe mich verlassen hat (oder ich sie?). Stumme Worte aus toten Augen. Ihr versteht die Worte nicht, seht nicht die Blicke, seht nicht in mein Gesicht. Bin ich schon so tot dass man mich nicht einmal mehr wahrnimmt, mir nicht mehr helfen will? Wie gern würde ich wieder lernen einen Menschen zu lieben. Doch wie soll das gehen? Mit den Jahren gingen die Gefühle, die Eiseskälte legte sich immer mehr um das Herz und hält es nun in ewigem Frost gefangen. Entflamme, strahle hell! Nichts. Nicht einmal mit dem Verstand lässt sich diese Kälte vertreiben oder beeinflussen. Wer steckt hinter diesem Eis? Der, der alles Arge und Schlechte hervorgebracht hat? Nein, es gibt ihn nicht in personifizierter Form. Oder jenen, der die Liebe erschuf und meinte, ich sei nicht wert sie zu haben? Nein, auch jener nicht, er existiert ebenfalls nicht.
Nicht einmal mehr im Stillen hoffe ich auf eine zweite Chance, selbst die Hoffnung ist mir genommen. Das Vertrauen wurde ausgenutzt, wandelte sich in Angst mich jemandem mitteilen zu müssen. Meine Seele

schenkt mir kein neues Leben, ich weiß nicht einmal mehr, ob sie noch eins ist mit meinem Körper oder ob auch sie mich verlassen hat und meine Gefühle mit sich nahm. Wie schön wäre es endlich jenseits dieser Qual zu sein, wieder in einem Tränenmeer sich vergessen zu können. Keine einzige Träne habe ich geweint, schon so lange Zeit. Mein Blut rast, aber nur dieses. Es fließt, strömt durch meinen Körper, aber erreicht doch nie das Herz. Ich kann mich nicht meinen Illusionen hingeben, die ich mir im Laufe der Zeit über die Liebe gemacht habe, sie alle sind verbrannt. Auch die Utopie kann ich nicht mehr heraufbeschwören. Wieder umhüllt mich dunkles Schwarz. Ich flüchte in die Dunkelheit, hier muss man niemanden sehen, wird nicht gesehen, braucht keine Gefühle. Wenn der Himmel in schwarzen Flammen brennt, ist die Zeit gekommen, nach der ich mich so sehr sehne. Eine Welt ohne Gefühle, nicht mehr gefangen in Träumen von der Liebe. Bin ich denn nur zur Niederlage geboren? Als ewiger Versager? Der seine Mitmenschen enttäuschen muss?

Mein starrer Blick geht ins Nichts, alles was ich sehe, ist von einem schwarzen Schleier umgeben. Schemenhaft erinnere ich mich an eine bunte Welt. Aber selbst diese Erinnerung verblasst in jeder Sekunde ein wenig mehr. Der Himmel wurde von mir verstümmelt, sein Blau ist fort, ich habe ihn in Düsternis getaucht. Auch die Schönheit habe ich zerschlagen, ich konnte sie nicht mehr ertragen und sehe sie nicht wieder.

Das ewige Feuer der Verdammnis hält sich bereit, es wartet nur noch auf den richtigen Moment um alles zu vernichten. Wenn dann alles mit Asche überhäuft ist, wird der Tag kommen, den ich mir so sehr wünsche. Vielleicht kann ich dann weinen, blutrote Tränen und damit meinen Seelenfrieden finden. Ich gehe gern das Wagnis ein alles zu Staub zerfallen zu sehen. Im Niemandsland werde ich befreit sein. Keiner wird dort sein, es gibt nur Anonymität. So viele Synonyme habt ihr für die Liebe gefunden, versteckt euch doch nicht dahinter, die einzig wahre Liebe findet ihr erst in der Ewigkeit. Die Zeichen dafür sind jetzt schon da, zwar wirr, verschwommen, aber man kann sie sehen wenn man will. Ich habe sie schon entdeckt und warte seitdem auf die Ewigkeit. Das Begehrte ist längst vergessen, auch die erbrachten Liebesopfer. Sorgenlos sinke ich in mein gefühlsleeres Grab, immer tiefer versinke ich in ihm. Längst schon habe ich mich von meinem gebrochenen Herzen entfernt. Ich habe das Sterben gelebt. Mein letzter Atemzug wird der intersivste sein.

Einst legte ich mein Herz offen
Doch nun schlägt das Vergangene zurück
Die Helligkeit meines Himmels verblichen
Gehe ich im Schatten der Gefühllosigkeit unter
Keine Rücksicht auf mein Sein
Werdet ihr an mich denken?
Ein Stich wird durch mein Herz gehen
In diesen Momenten
Ich verfluche euch
Meine Blicke sollen euch frieren lassen
Eure tauben Ohren nehmen meine Schreie nicht wahr
Die Fesseln der Liebe von mir genommen
Liegen die Schlingen nun um euren Hals
Worte sollen sich tief in euer Herz bohren
Wie nur kann ich euch den Schmerz spüren lassen
Im Sturm stehe ich
Enttäuschter Hoffnung
Mein Herz nun Stein
Ergötzen will ich mich an eurem Antlitz des
Schmerzes
Meine rasende Wut wird in Wellen über euch herein
brechen
Der Himmel über euch wird brennen
Werdet ihr um euer Leben vor dem Ende kämpfen?
Eure Schreie werden bald verstummen.

Kein Wort vermag mein Herz zu verlassen,
sie drehen sich im Kreis,
der Schlaf vermag es nicht sie zum Schweigen zu
bringen,
in mir tobt der Sturm,
Machtlosigkeit siegt,
die Frage nach dem Warum dieser Qual,
Angst im Angesicht der Zukunft,
die Totenglocke schlägt,
des Seins an sich,
des puren Lebens meiner Heimat,
Opfer der Gier,
doch nicht nach Leben,
bringt sie zum Schweigen,
finstere Ohnmacht,
gib mich frei,
meiner Gedanken Grund zu tief,
Machtlosigkeit,
doch nicht nur die meine,
ein Ziel des Lebens,
das nun beendet scheint,
lass es neu erstehen,
kraftvoll in ihr, meines Lebens Beginn,
gib ihr ihr Sein zurück,
ihr Ziel auf diesem steinigen Weg, der unendlich
scheint,
so verzweigt,
wie unserer Wesen Machtlosigkeit…

Mit zitternden Händen sitze ich stumm an meinem Schreibtisch und überlege, was ich schreiben könnte. Durch die leise Musik im Hintergrund hoffe ich Inspiration zu finden, doch höre ich die Musik eigentlich nicht, da meine Gedanken nur bei dir sind. Mir fehlen einfach die Worte um zu beschreiben, was ich für dich empfinde. Es will mir einfach nichts einfallen und so sitze ich regungslos, um jede Idee zu erfassen, die mir in den Sinn kommt. Meine Augenlider halten die Tränen zurück, die ich vergießen möchte, da du nicht bei mir sein kannst. Ein Schmerz ist in mir, wie ich vorher keinen gekannt habe. So schaue ich aus dem Fenster, versuche einen Stern zu erspähen. Doch ist der Himmel bedeckt und keine Sternschnuppe sichtbar, die mir meinen größten Wunsch, ewig mit dir vereint zu sein, erfüllen kann. Die Anstrengung meine Gedanken zu fesseln, ermüdet mich, deshalb lege ich mich hin. Aber das Bett ist kalt und die Sehnsucht nach dir so groß, dass ich meine Augen nicht schließen kann. Letztendlich übermannt mich doch noch der Schlaf und lässt mich von dir träumen. Ich sehe dich und kann dich fast schon spüren, als ich meine Hand nach dir ausstrecke, verblasst deine Gestalt, ich versuche dich zu halten, aber das gelingt mir nicht. Schweißgebadet erwache ich und entdecke, dass es nur ein Traum war den ich hatte. Langsam finde ich zurück in die Wirklichkeit und mir wird bewusst, dass du in meinem Herzen fest eingeschlossen bist, ich deshalb nicht traurig sein muss. Jedoch bin ich es, da ich wieder an dich denke und vor Sehnsucht fast vergehe. Die Erinnerung an unsere gemeinsamen Stunden lässt mich nicht los, oder ich sie nicht? Während ich darüber nachdenke überfällt mich der Schlaf erneut und abermals sehe ich dich in einem Traum, nur diesmal kann ich dich berühren und sogar den Schlag deines Herzens spüren. Wir sind zusammen und haben alle Zeit der Welt unsere Liebe frei auszuleben. Glücklich erwache ich am Morgen mit dem Gedanken an dich. Es ist dieses Mal nicht schmerzhaft, sondern schön, da es dich gibt und du meine Liebe erwiderst.

Neue Gedanken,
doch alt,
Fragen,
was wohl wäre,
was ist,
was würde sein,
würde ich dich verlieren,
der Wahnsinn,
ein Abgrund vor mir,
der Grund zu tief,
diese Leere könnte man nicht mehr füllen,
zu groß wäre der Schmerz,
die Augen trüb,
das Rot geronnen,
versiegt der Strom,
und doch,
warum dies Grau,
ist doch mein Leib, mein Leben,
die Hoffnung an sich,
bei dir,
du wunderschönes Grün,
das mich träumen lässt,
versinken,
doch leben,
mit dir,
mein Engel,
der seine Flügel um mich legt,
Schutz und Wärme,
dieses Licht,
das mein Sein erhellt,
mich schweben lässt,
und doch auch Halt,
denn du lehrtest mich,
Vertrauen,
Leben,
Genießen.

So weit weg von mir kannst du sein und bist mir doch so nah. So nah bist du mir und kannst doch so weit weg sein. Geht mein Anspruch zu weit? Ich vermisse dich, obwohl du neben mir sitzt, neben mir läufst. Das Gefühl nicht an dich heran zu kommen lähmt mich. Wie soll ich mich verhalten? Willst du Nähe oder ist sie in manchen Momenten unangebracht? Tausend Fragen beschäftigen mich, auch wenn ich weiß, dass sie wahrscheinlich keine Berechtigung haben sollten in meinen Sinn zu kommen. Zumal ich dieses Gefühl doch so gut kenne, es mir vertraut ist. Man möchte viele Dinge sagen, doch bleibt der Mund verschlossen, man möchte viele Dinge tun, doch ist man nicht fähig sich zu bewegen, alles ist gelähmt durch Gedanken, Gefühle.

Es gibt keinen Grund für mich so intensiv darüber nachzudenken, ich weiß, wie es ist und was man braucht: „Endlose Leere in mir, nicht fähig auch nur einen klaren Gedanken zu fassen. Ich bin weit entfernt vom irdischen Sein. Gefangen in meiner Gedankenwelt ohne Gefühl für das Hier und Jetzt. Ziehe mich zu dir, heraus aus meiner Apathie. Lass mich nicht versinken in diesem Strom meiner Gedanken, lass mich nicht in diesem See aus meinen Gefühlen ertrinken. Ich komme nicht mehr allein hoch, liege am Boden, nicht fähig mich zu bewegen. Hilflos ausgeliefert meinen Tagträumen, meinen Vorstellungen..."

Und doch, ich kann nicht anders.

So nah und doch so weit entfernt
Vermisse dich obwohl du bei mir bist
Komme nicht an dich heran
Tausend Fragen
Doch mein Mund verschlossen
So viele Dinge zu tun
Doch bin ich unfähig mich zu regen
Gelähmt durch Gedanken und Gefühle
Endlose Leere in mir
Gefangen in meiner Gedankenwelt
Kein Gefühl für das Hier und Jetzt
Hole mich zu dir!
Heraus aus dieser Apathie
Versunken im Strom meiner Gedanken
Lass mich nicht in diesem See ertrinken
Hilflos ausgeliefert meinen Tagträumen
Und doch
Ich kann nicht anders...

Erinnerung du tötest mich, lässt meine Gefühle sterben. Noch immer denke ich an dich, kann dich einfach nicht vergessen. Neue Liebe – neues Leben? Nein, nicht für mich, neue Liebe – altes Leben oder vielleicht liebe ich auch nicht? Egoismus, das ist es, was die Menschen verstehen, wenn einer sagt ich kann nicht lieben. Ich bin kein Egoist und trotzdem kann ich nicht lieben, würde es gern. Zu oft wurde ich enttäuscht, allein und im Stich gelassen. Ich kann mein Herz nicht offenbaren, zu viel Angst vor neuer Enttäuschung und so enttäusche ich mich selbst und andere. Oh Schmerz, du mein Begleiter, du Teil meines kleinen sinnlosen Lebens, wie sehr würde ich dich vermissen, wenn du aufhören würdest meine Seele zu begleiten. Wie sehr habe ich mich an dich gewöhnt, du Mörder meiner Gefühle, meines Selbst. Mit jedem Tag nimmst du mir ein wenig mehr meines Lebensmutes, bringst mich damit um. Dafür hasse ich dich und zugleich wäre mir ein Leben ohne dich unvorstellbar. Niemand quält meine Seele so wie du, nichts kannst du wieder gut machen, so versprich mir wenigstens, dass du bei mir bleibst und über mich herrschst, so wie immer schon. Und du versprichst es, wirst bei mir bleiben. Stumpf werde ich durch dich, blind und taub und stumm machst du mich, von dir fühle ich mich geliebt, obwohl du mich hasst, aber nicht von mir lassen kannst. Du brauchst mich um weiterhin Bestand zu haben und auch ich verspreche, dich nicht loszulassen, wir hängen aneinander, ich begehre dich, so wie du nach mir verlangst.
Wieder eine Nacht durch die du mich begleitet hast, wieder ein Tag, an dem ich dich gespürt habe, tief und intensiv. All meine Gebete lässt du mich vergessen, all das, was ich war. Du zogst mich in deinen Bann, zu dir hin, so dass ich nie mehr ohne dich sein kann und werde. So bin ich nie allein, denn du verstehst mich, bist meine Sucht, oh süßer,

lieblicher Schmerz. Gibst mir alles was ich brauche und bereitest mir mein Grab. Ich kenne dich gut und du mich, weißt ganz genau wie ich bin, wo du ansetzen musst, damit ich dich immer wieder spüren kann. Du säuselst mir in mein Ohr, wie gern du mich hast und wie sehr du es liebst bei mir zu sein. Ertragen dich zu verlieren kann ich nicht, ich werde dir folgen, sogar in meinen Träumen darfst du über mich walten und mir alle Ängste geben, so dass ich schweißgebadet aufwache und sofort wieder an dich denke. Oh, du Erlöscher meines Lebenslichts. Du förderst meinen Hang zur Selbstzerstörung und verweigerst mir jegliche weitere Freude, deshalb wollte ich dir anfangs entfliehen, doch war ich nicht fähig dazu und so überließ ich mich ganz dir. Mein Leben verläuft durch dich im Sand. Mein Blick kennt die klare Sicht nicht mehr, getrübt ist meine Wahrnehmung. Ich bin müde durch die tägliche Qual, die du mir auf mein allzu schwaches Herz legst.

Die Erinnerung der Tod
Gefühle verlöschen
Doch denke ich nur an dich
Die Liebe ein Rätsel
Nicht der Egoismus macht mich kalt
Zu oft sah ich den Abgrund
Fiel ohne Halt
So wuchs die Angst
Oh Schmerz du mein Begleiter
Du Mörder meiner Selbst
Bleib bei mir und beherrsche meine Seele
Lass sie taub sein, stumm und leer
Doch bleibe
Geleite mich durch Tag und Nacht
Führe meine Gedanken
Und bette mich im Sand
Ich bin müde von all der Qual
Mein Blick ist trüb
Und ich gefangen in deiner Welt.
Das Wasser beginnt mich zu umspülen.

Ich brauche Liebe, so sehr, wie ich sie selten vorher gebraucht habe. Bist du bereit sie mir zu geben? Du bist diejenige, in die ich nun meine Hoffnung lege, in die ich das Vertrauen lege, mich dann aufzufangen, wenn ich vor dem Abgrund stehe und in Gefahr schwebe hinunter zu fallen. Mein Herz wartet auf dich, es brennt nur für dich. Flehend rufe ich nach dir, komm zu mir, errette mich aus meiner Einsamkeit. Lass uns das Wagnis einer neuen Liebe eingehen, unsere Herzen vereinen. Wir können zusammen unsere Sehnsucht stillen, uns gemeinsam verlieren. Den höchsten Berg werde ich für dich erklimmen, in die tiefste, dunkelste Nacht eintauchen. Jedes Hindernis überwinde ich, nur um dich zu erreichen, dich berühren zu können. Lass dich von mir tragen, ich werde nicht müde, dich durch jede Schlucht zu geleiten. Dein Rufen werde ich hören und für dich da sein, in deinen schwärzesten Stunden dir zur Seite stehen. Ich strecke meine Hand nach dir aus. Ergreife sie und komm mit mir durch das wüste Tal des Alleinseins. Am Ende stehen wir gemeinsam davor und können sehen, was wir hinter uns gelassen haben, können den Weg sehen, den wir zusammen gegangen sind und die Erinnerung an die Vergangenheit wird uns freudig in die Zukunft schauen lassen.

„Endlich fühle ich mich frei von den Fesseln, die die Vergangenheit mir anlegte oder auch die Menschen, die ich mit ihr verbinde. Erst durch dich konnte ich erfahren, was es heißt frei zu sein. Du zeigst mir Wege und öffnest mir Türen, von denen ich dachte, dass es sie gar nicht geben würde, die ich vorher nie gesehen, bedacht oder beachtet habe.

So viele Gefühle in mir, die niemand in ihrer Kompensation ertragen konnte. Endlich kann ich mich in meinen schwächsten Momenten geborgen und getragen fühlen, muss nicht mehr all meine Schmerzen und das mir widerfahrene Leid unterdrücken. Vor dir kann ich meine Seele, mein Innerstes nach außen kehren, ohne Angst haben zu müssen, dass du dich damit überfordert fühlst oder davor weglaufen würdest.

Manchmal erscheint mir alles so unwirklich, so dass ich an meinem Verstand zweifle oder denke ich lebe in einem Traum, weit entfernt von der Realität. Auch bin ich nicht tot und sollte deshalb meine Gefühle ausleben, denn ohne sie ist man nur eine Hülle.

Den Himmel gibt es also doch auf Erden, auch wenn er nicht vollkommen ist. Es gibt zumindest einen Menschen, durch den ich mich in diesen versetzt fühle. Ich muss keine Scheu haben dir meine dunkelsten Seiten zu offenbaren, denn du verstehst mich, es ist so als wärest du ein Teil von mir. Dieses Glück wünsche ich jedem einzelnen Menschen auf dieser Erde. Langsam beginne ich zu glauben, dass die Liebe die stärkste Kraft ist und in der Lage gegen alles anzukämpfen, sämtliche Dinge zu überschatten und die Dunkelheit aus den Herzen der Menschen zu vertreiben. Sie kann es schaffen, alle negativen Einflüsse zu vernichten und gibt mir so unheimlich viel Kraft, dass ich mich fühle als könnte ich alles schaffen und das mit einer Präzision und einem Erfolg, wie ich es mir kaum vorstellen kann."

Ist es möglich zu lieben ohne sich selbst aufzugeben? Immer wenn man sich verliebt und sich auf eine Person einlässt wird man verletzlich, angreifbar und schwach. Man hat Angst sich selbst zu verleugnen und zu verlieren, zweifelt, will nicht wieder nur in eine Sackgasse laufen, in der am Ende doch nur wieder diese Worte stehen: Enttäuschung und Schmerz.

Was ist wenn es endet,
Was ist wenn alles vorbei ist,
Was ist wenn nichts mehr ist,
Was ist das Ende?

Wie der Neuanfang wohl ist,
Wie ist es wohl zu gehen,
Wie ist es wohl alles zurück zu lassen,
Wie ist es wohl das Ende?

Denken ans Danach,
Ich will leben,
Memento Mori,
Der Tod ist überall,
So lebe,
Nacht für Nacht!

Warum tust du mir so weh? Du merkst doch, dass du mich verletzt. An nichts anderes kann ich denken. Gibt es eine Zukunft für uns? Was ist eigentlich los mit dir? Liebst du mich noch? Haben sich deine Gefühle für mich verändert? Ich kann nichts anderes tun, als mir immer wieder diese Fragen zu stellen. Immer und immer wieder kommen sie in meinen Kopf und ich muss darüber nachdenken. Warum kannst du es nicht dir und mir einfach machen? Muss das sein? Es tut einfach nur noch weh und ich kann diesen Schmerz langsam nicht mehr ertragen.

Du sagst ich werde dich verstehen. Das werde ich sicherlich können aber bitte sag doch etwas. Immer nur dieses Schweigen. Keine Antworten auf meine Fragen und wenn es doch nur ein „Ja" oder „Nein" wäre. Das schon würde mir reichen. Stattdessen lässt du mich im Dunkeln. Lässt mich über unsere Beziehung nachdenken. Ich kann nicht mehr, ich bin langsam am Ende. Es ist zum Verzweifeln und meine Hoffnung beginnt langsam abzubröckeln wie poröses Mauerwerk.

Sag mir doch bitte nur ein Wort. Wie soll ich meinen Kopf ausschalten wenn ich ständig die Angst haben muss dass alles bald vorbei sein könnte und ich dich nicht halten kann? Wolltest du dich nicht von mir auffangen lassen wenn du fällst? Warum meidest du meine Hände? Lässt dich nicht auffangen?

Ich will zurück,
Zurück in die wärmende Finsternis,
Das sanfte Wiegen der Bewegung,
In das süße nichts tun und nichts sein,
In das nichts fühlen,
Nur der Hunger nach Leben,
Und die Müdigkeit des ewigen Kampfes.

Ich will zurück zum Beginn,
Alles von vorn geschehen lassen,
Die Zeit zerreißen,
Dich noch einmal treffen,
Und auf ewig verlieren.

Ich will zurück zum Nichts,
Alles verändern,
Im Schicksal versinken,
Und der Ewigkeit meine Seele schenken.

Doch in was für einem Irrglauben befindet man sich so? Nicht die Liebe gibt Kraft; wenn sie eine reale Größe wäre, würde es eine Definition davon geben. Selbst wenn jemand es schaffen würde sie in allen ihren Facetten zu beschreiben, wäre dies nicht allgemein gültig. Die größten Dichter und Denker sind daran gescheitert. Wie sollte dann jemand, der in der heutigen Zeit lebt, in der Lage sein eine allgemeingültige Definition zu verfassen? Alle großen Dichter und Denker sind tot, ihnen haben wir die schönsten Werke und Gedichte über die Liebe zu verdanken, aber es führt trotzdem alles in die Irre.

Wenn man Liebe definiert, geht man davon aus, in welcher Situation man sich momentan befindet. Soll jemand beschreiben was Liebe für ihn bedeutet wenn er selbst einsam ist, so wird er sie als negativ empfinden oder sie einem Mythos gleichsetzen. Fragt man jemanden danach, der schon über zwanzig Jahre verheiratet ist, wird er sie als etwas beklemmendes, vielleicht sogar einengendes, beschreiben oder als das größte Gefühl und wunderbarste, was er jemals erlebt hat. Würde man jemanden fragen der gerade verlassen wurde, würde er die Liebe entzaubern und sie nur als schmerzvoll, verlustreich beschreiben und er würde darüber in Wut geraten wenn er bedenkt, welche Opfer er für sie erbracht hat. Bei einem frisch Verliebten würde man genau das Gegenteil zu hören bekommen. Aber im Prinzip hat jeder schon einmal diese unterschiedlichen Situationen erfahren und sich dann wahrscheinlich auch in seiner Meinung über die Liebe davon leiten lassen.

So könnte man zusammenfassend sagen, dass Liebe nur erfahren werden kann und abhängig von der Person ist, für die man (meint) diese zu empfinden. Das einzige was wirklich fest steht ist, dass man sich durch sie verändert und sie auf jeden Fall eine

Erfahrung ist, die man nicht missen möchte. Oder vielleicht gibt es sie gar nicht wirklich und man leidet nur an Realitätsverlust wenn man sich einbildet, man würde dies empfinden. Man hat Angst davor allein zu sein und klammert sich deswegen an einen Menschen, gibt sich der Illusion hin, dass tatsächlich so etwas wie ein Gefühl bestünde. Es könnte doch auch sein, dass Gefühle nur Einbildung sind. Nicht solche Gefühle die physischer Natur sind, aber alle psychischen Empfindungen könnten nur Einbildung sein, dann würde man auch jedes Mal lügen wenn man zu jemanden sagt, dass man ihn liebt.

Sans Fin est la Torture de l'Existence

Denn ewig ist die Gnade,
Und ewig ist der Schmerz,
Geboren aus dem Blut der Welt,
Denn ja, sie verblutet bereits,
Zu viele Gräuel hat sie gesehen,
Klingen aus Hass stürzen auf sie ein,
Der Schmerz ist bereits unerträglich,
Die Gnade des Himmels will nicht enden,
Und so schreien die Engel stumm vor Qualen,
Denn das Blut der Welt fließt in ihren Adern,
Und endlos ist ihr Dasein,
Zerrissen ihre Flügel,
Blutverschmiert ihr Antlitz,
Ihre Seelen ein Nichts,
Und ihre Existenz ein endloser Kampf um den Tod,
Das eine was sie nie finden werden,
Denn endlos ist die Gnade,
Endlos ist der Schmerz,
Endlos die Qual ihrer Existenz.

Ich stehe auf einem leeren Schlachtfeld, um mich herum nur Trümmer, die Erde ist blutrot. Ob ich hier noch etwas finden kann, dass nicht durch diesen Krieg zerstört wurde? Suchend schaue ich mich um. Nur Ruinen, zertretene Blumen, gefällte tote Bäume. Endlos weit erstreckt sich diese Einöde vor mir. Orientierungslos laufe ich umher und finde nicht das kleinste Anzeichen von Leben hier. Trostlos und grau, nicht ein farbiger Schimmer ist am Horizont zu sehen. Als ich weiter gehe, sehe ich vor mir einen Ozean, das Wasser ist schwarz. Am Ufer befindet sich ein kleines Boot. Ich steige hinein und nehme die Ruder in die Hände. Kräftig rudere ich, fahre immer weiter hinaus, bis ich vor Erschöpfung einschlafe. Das Boot treibt weiter, ein Stoß lässt mich erwachen. Neben mir sehe ich ein anderes Boot, in diesem sitzt du. Müde und erschöpft siehst du mich an. Ungläubig starre ich in dein Gesicht. Kann es wirklich sein, dass ich nach so langer Zeit endlich einen lebendigen Menschen treffe? Ich rufe dir zu, tatsächlich antwortest du mir und ich springe in dein Boot. Verzweifelt klammern wir uns aneinander. Unsere Freude ist groß, ich bin kurz davor mein Herz an dich zu verlieren. Doch was muss ich erkennen? In dir sind zwei Herzen vereint, du kannst dich nicht entscheiden, keiner klaren Linie folgen. Ich will zurück in mein Boot steigen, aber es ist verschwunden. Panik überkommt mich, ich suche das Wasser ab, doch nirgendwo kann ich es erkennen.

Plötzlich erwache ich. Es war nur ein Traum, einen kurzen Augenblick lang dachte ich, dass ich für immer verloren sei auf diesem schwarzen Ozean. Doch habe ich nur geträumt. In der Hoffnung alles sei wie vorher, schaue ich mich um, aber ich bin tatsächlich auf einem Schlachtfeld, nur dieses Mal ist nicht alles farblos. Am Horizont sehe ich ein blendendes Licht. Ich laufe ihm entgegen. Dann kommt jemand auf mich zu und trägt etwas. Die Hände sind schützend darum gelegt, sachte trägst du es vor dir her, passt auf, dass ihm nichts passiert. Noch näher trete ich an dich heran und kann dein Gesicht erkennen. So schön ist dein Gesicht, deine Augen strahlen und ziehen mich in ihren Bann.

Ich strecke meine Hand nach dir aus, will dich berühren um mich zu überzeugen, dass ich nicht schon wieder in einem Traum gefangen bin. Tatsächlich kann ich deine warme Haut spüren, du entspringst nicht nur meiner Fantasie. Jetzt erst erkenne ich, dass nur ich allein auf diesem Schlachtfeld war. Nur ich selbst war mein Feind, ich kämpfte gegen mich und konnte so nur verlieren. Durch dich erst habe ich gesehen, dass alles um mich herum nie grau war, sondern bunt und das schon immer. Auch wenn ich das nie wahrgenommen habe. Du hast mir gezeigt, was ich empfinden kann und ich nicht meine Wünsche und Vorstellungen auf jemanden projizierer sollte, da das unweigerlich zu Enttäuschungen führen wird. Danke, dass du mich von diesem Schlachtfeld weg geführt hast und mir hilfst die Welt in bunten Farben zu sehen.

Dann öffnest du deine Hände und ich kann sehen was du trägst, es ist ein Herz. Auf einmal spüre ich einen Schmerz und sehe, dass es mein Herz ist, welches du trägst. Eigentlich hatte ich geglaubt, dass mein Herz sich nicht mehr erholen würde, nachdem es mir doch schon so oft heraus gerissen wurde, aber dann schaue ich noch einmal genau hin. Du hast es aufgehoben und geheilt, die blutenden Wunden sind verschlossen. Es liegt noch immer in deinen Händen, du hältst es fest, ohne es zu zerdrücken. Ich möchte, dass du es behältst, bei dir ist es gut aufgehoben. Du wirst es nicht achtlos zertreten, deshalb vertraue ich es dir an. Es wird bei dir sein und dir folgen, wo du auch hingehst.

Grausamkeit,
kreisende Gedanken,
immer wieder,
die Gesichter der Gegenwart,
warum,
auf Fragen gibt es keine Antworten,
blutige Stille,
ich sehe die Vergangenheit,
Schmerzen so unerträglich,
gewollt,
diese Gesichter,
schmerzverzerrt,
eure Gräber vergessen,
rastlos schwebend,
so sinnlos,
zeitlos,
die Qual wird nie enden.

Seit Tagen schon überlege ich, was ich dir schreiben könnte. Zu viele Worte beschreiben Liebe, aber kein einziges ist in der Lage das auszudrücken, was ich für dich empfinde. Immer wenn ich denke einen Ausdruck dafür gefunden zu haben, kommt etwas neues hinzu, dass ich nicht einordnen kann. Ich stehe vor einem Berg aus Gefühlen, zwar geordnet, aber scheinbar kann ich ihn nicht erklimmen. Zu schwach fühle ich mich um das alles allein zu bewältigen. Ich fühle mich dir so unendlich tief verbunden, dass ich manchmal denke all das wäre nur ein Traum. Vor Glück könnte ich die ganze Welt umarmen, würde es am liebsten jedem ins Gesicht schreien. Durch dich kann ich mich endlich wieder finden, da ich glaubte, all meine Empfindungen wären verschwunden. Bei dir fühle ich mich geborgen und kann mich seit langer Zeit endlich wieder fallen lassen, ohne Angst haben zu müssen dich dadurch zu erschrecken oder – schlimmer – zu verlieren. Wie lange habe ich jemanden gesucht, bei dem ich auch meine Schwächen zeigen kann. Die Eisschicht, die dabei war sich um mein Herz zu legen, schmilzt. Lass dieses Feuer nicht erlöschen, ich brauche es so sehr.

Kristallklar,
einst zu Eis erstarrt,
nun Rinnsale auf meiner Haut,

unbestimmte Gefühle,
nie gekannt,
treiben sie mir aus den Augen,

kristallklar,
und doch rot gefärbt von Blut,
denn Sehnsucht wächst,

schwarze Ranken,
sie fesseln mich,
kann nicht fliehen,

so weit weg,
mein liebster,
tiefes Grün,

Worte schon,
sie reißen die Fesseln entzwei,
heben mich zum Licht,

kristallene Rinnsale meiner Haut,
blutrote Bäche meiner Sehnsucht,
pechschwarze Flüsse der Machtlosigkeit,

oh hätt' ich Flügel,
weite Schwingen,
es wär' so leicht,

ich vermisse dich,
der Blick verschwommen,
die Flügel immer noch gebrochen,

sie werden heilen,

42

schon bald,
denn ich bin ganz sicher,
tiefes Grün,
so wunderschön,
die Hoffnung an sich,
ich liebe dich!

Spürst du auch dieses Kribbeln, tief in dir, wenn sich unsere Lippen sanft berühren, unsere Zungen miteinander spielen? Tief aus deinem Bauch heraus, es zieht dich hinunter, weiter nach unten, immer tiefer. Es geht unter die Haut. Du willst schreien vor Glück, doch meine Lippen verschließen sachte deinen Mund. Du fühlst dich bedrängt, eingeengt, weil dein Mund nicht frei ist, aber du spürst gleichzeitig auch Freiheit. Freiheit, weil du in Wirklichkeit nicht bedrängt bist, du vergisst die Zeit, sie steht still und scheint doch eine Ewigkeit zu sein. Dein Herz verlangt mehr, mehr Küsse und mehr Freiheit, Nähe. Du willst diese Nähe, sie verbindet uns. Unsere Körper sind sich nahe. Wir können den Herzschlag des anderen spüren, bis sich unsere Herzen genauso aufeinander eingelassen haben wie wir beide. Deine Wärme erfüllt mich, nimmt mir die Luft zum Atmen. Sie soll mich durchfluten, meinen Körper ausfüllen. Du bist mit mir verbunden. Dieser Moment gehört uns, niemand hat Einfluss darauf. Das einzige was zählt, sind wir, unsere tiefe, innige Verbundenheit. Nur dieser Augenblick ist wichtig, sonst nichts, ich teile ihn nur mit dir. Wie gern erlebe ich diesen Augenblick, denn er gehört uns allein. Ich erlebe ihn so gern mit dir. Wir gehören zusammen.

In weiße weiche Federn lieg ich gebettet,
es ist warm und kalt,
ist es richtig, ist es falsch,
der Schlaf kommt und geht,
so wie die Träume,
die mich tränenbenetzt wecken,
ich vermisse dich,
Gedanken verdunkeln mir den Blick,
deine wunderschönen Augen,
ich sehe sie vor mir,
die Zeit flieht dahin,
so leer,
bis ich wieder bei dir bin,
lebendig,
glücklich!

Wie nah du mir doch bist. Du bedeutest mir so viel. Ich würde so viel für dich tun. Aber du zeigst mir die kalte Schulter, lässt mich an meinen Gefühlen ersticken, würgst meine Worte mit verletzenden Kommentaren ab. Dein Feuer könnte in mir brennen, doch gibst du ihm keinen Nährboden, im Gegenteil du versucht es auszulöschen. Du verstärkst mein Leid, das kümmert dich nicht. Ich drohe zu erfrieren, so viele Enttäuschungen, zu viel erlebt, zu viel gesehen. Was sind schon Gefühle, wenn man sie nicht ausleben kann? Ich versuche doch nur auch einmal wieder fühlen zu können, mich einem Menschen zu offenbaren, mit ihm die Dinge zu tun, die gemeinsam einfach mehr Freude bereiten. Warum verletzt du mich immer wieder mit deinen Lügen? Sage mir einfach die Wahrheit, nur ein einziges Mal, ich könnte damit besser umgehen. Warum muss es gerade jetzt sein, wo ich dabei bin meine Gefühle neu zu entdecken? Soll ich mein Leben lang zurückstecken, meine Gefühle verbergen? Als leblose, leere, gefühlskalte Hülle meinen Weg gehen? Muss ich mein Leben lang scheitern? Ich kann es langsam nicht mehr ertragen, ständig diese Verletzungen.

Was würde passieren, wenn ich die ganze Welt auslöschen würde, keinen Menschen mehr außer mich selbst am Leben ließe? Ich würde ein glücklicheres Dasein haben, alles was war, vergessen und nichts mehr vermissen, da es mir nicht tagtäglich vor Augen geführt würde.

Ich sehe dich noch in der Ferne,
ein letzter Kuss auf meiner Seele,
es ist zu spät,
ich zerbreche fast daran,
die Zeit so kurz,
unser Wiedersehen nahe,
doch die Zeit steht still,
warum dieser Schmerz?
Der Blick verschleiert,
will zu dir,
doch so weit weg,
meine Seele schreit,
Scherben so weit das Dunkel reicht,
tiefe Stille,
sie werden nicht blühen,
schneiden die Welt entzwei,
nur die Zeit kann gnädig sein,
die Sanduhr,
jedes Sandkorn ein Atemzug näher bei dir,
ich will ewig bei dir sein,
zartes grün,
so tief,
ich liebe dich.

Ich habe die Vergangenheit abgelegt, die Erinnerungen verblassen. Nun bin ich bereit vorwärts zu schauen und mein Leben in neue Bahnen zu lenken. Es hat lange gedauert bis ich zu diesem Punkt kommen konnte, lange haben mich die Schatten der Vergangenheit verfolgt, versucht mich in den Wahnsinn zu treiben und mir die Hoffnung zu nehmen, dass ich wieder lieben kann. So wandelte ich auf einsamen Pfaden mit kleineren Abenteuern, die mir außer noch größerem Leid und Schmerzen nichts brachten, mir nicht helfen konnten. In endgültiger Ruhe wollte ich verweilen, da mich dort niemand verletzen kann.

Vergessen und auslöschen kann ich vergangene Gefühle und Enttäuschungen nicht, aber meine Hoffnung auf bessere Zeiten ist neu erwacht durch dich. Behutsam versuche ich dein Herz zu erreichen, deine Gefühle für mich zu entfachen.

Meine Seele blutet, die Narben sind noch nicht ganz verheilt. Mein Innerstes ist auf gespalten. Ich starre an die kahlen Zimmerwände, bis sie vor meinen Augen verschwimmen durch meine Tränen. Meine Schreie zerreißen die Mauern, die ich aufgebaut habe um mein Herz zu schützen. Durch dich ist das Feuer der Hingabe neu entfacht. Jetzt bist du nicht hier und es bleibt nur die Glut der Sehnsucht, die mir tausend Schmerzen bereitet.

Im Sturm der Verzweiflung trete ich vor dich um Resonanz auf meine Worte zu bekommen.

Schrei der Gedanken,
Ausdruck meiner Seele,
das Meer der Stille,
verloren geglaubt,
auferstanden,
es stirbt,
ein letzter Funken,
angekettet,
blutiges sein,
die Freiheit verrinnt,
die Dunkelheit ruft,
Befreiung der Sinne,
der Tod ist fröhlich,
gib dich hin,
er wird dich befreien. .verlieren

Menschen, die keine Treue kennen, sind keine Menschen! Treue baut auf wahrer, unverfälschter Liebe auf und Untreue auf Hass. Somit kann sich Liebe in Hass verwandeln. Aber ist es möglich den Menschen zu hassen, den man einmal geliebt hat? Der Betrogene vergießt seine Tränen im Stillen oder lacht aus Schmerz. Warum sollte er lachen? Wegen dieser Ironie? Der Ironie einen Menschen zu lieben, der nicht diese eine wahre Liebe empfindet wie der Weinende oder Lachende? Oder aufgrund dieser starken Enttäuschung und der Verwechslung des Betrügers von Liebe mit blinder Lust? Blinde Lust führt zum Abbau von geistiger Stärke. Sieh doch, wie der Betrogene in der Ecke hockt mit seinen zerrissenen Träumen. Schau hin, wie sein Lebenslicht von einem eisigen Windhauch zum Flackern verdammt ist. Genau du, du hast diesen Windhauch hervorgerufen! Nimm wahr, wie sehr deine Lügen, deine Oberflächlichkeit und dein Wahn diesen Menschen dort beschmutzt und vor allem verletzt hat. Große Pläne konntet ihr euer Eigentum nennen und jetzt sind sie leer, wie auch eure Gedanken. Verzweiflung und Ratlosigkeit begleiten diesen, der sich krampfhaft an seiner Zigarette festhält. Du als sein Halt hast ihn um sein Vertrauen gebracht, quälst ihn. Macht dir das Spaß? Steige hinab in den Sumpf mit seinen stinkenden Gasen und verrotte! Dein Fleisch ist dem Verfall preisgegeben. Der Verfall kennt kein Erbarmen, versuche doch ihm zu entkommen, du schaffst es bestimmt nicht!

So viele Gedanken,
warum reden sie jetzt auf mich ein?
Stille geglaubt,
ruhelos,
will sie nieder schreiben,
darin versinken,
mich wieder finden,
denn meine Seele,
ich kannte sie kaum,
schenkte sie dir,
offenbart sie sich?
mir nicht!
Ich habe sie an dich verloren.

So wie sich die Jahreszeiten im Laufe der Zeit wandeln, können sich auch Gefühle ändern. Man versucht sich diesem Wandel anzupassen, doch stellt man am Ende fest, dass keine Veränderungen stattgefunden haben und man nichts daraus gelernt hat. Alles bleibt gleich und kehrt zurück. Jede einzelne Träne war umsonst und trocknete mit der Zeit ganz. Ich vergaß was weinen bedeutet, spürte nicht mehr, wie diese kleinen Tropfen leicht brennend meine Wangen hinunter liefen und meine Lippen benetzten, bis sich dieser salzige Geschmack schließlich auf meiner Zunge ausbreitete. Immer wieder kapitulierte ich vor der Liebe und dem, was sie mit sich bringt, den Gefühlen und der Abhängigkeit, die durch sie zwangsläufig entsteht. Meine Hoffnung warf ich weg, begrub meine Träume, wollte den Weg mit niemandem teilen, um nie wieder von meinen Gefühlen überrannt zu werden. Dies war meine Gerechtigkeit. Ich ließ mein Leben sinnlos an mir vorüber ziehen und verpasste so sicherlich auch einige positive Erfahrungen, war kurz davor zu einem Menschen zu werden, der trotz, dass er am Leben ist, im Grab des Vergessens versinkt. Aber ich stand immer wieder stolz auf und zeigte kein Bedauern. Ich dachte meine Seele wäre frei von Schmerz und Qual. Dabei erkannte ich bald, dass mein Leiden ewig währen würde. Mir blieb nur die Sicherheit der Nacht, um zu verbergen, wer ich bin. Nur so konnten meine Schreie stumm werden und im Schutz der Dunkelheit verhallen, da ich unerkannt blieb und es bleiben wollte bis zum Schluss.

Doch dann kamst du und ich musste einsehen, dass sich alles geändert und am Ende alles Erlebte einen Sinn hat. Du fandest mich, wie ich einsam und gebrochen auf der Erde lag, hast meine Wunden geheilt, die ich mir durch mein eigenes Versagen zugefügt habe und machst mich vollkommen, indem du mir zeigst, dass ich nur noch ein Schatten meiner menschlichen Existenz gewesen bin. Unsere Liebe ist stärker als die Sonne und wird weiter wachsen und scheinen. Was sollte sie auch zum Erlöschen bringen, nachdem sie so viele Wunder schon vollbracht hat. Das Streben nach vollkommener Gefühlsleere hat sein Ende gefunden. Ich kann nicht ausdrücken, wie stark mein Empfinden für dich ist. Mein Leben wird nie wieder so sein wie vorher.

„Wehre dich!"

Eben liebtest du sie noch, brachtest ihren Körper dazu sich aufzubäumen, zu zittern. Schon im nächsten Moment verlässt sie dich. Du bist allein, siehst den Trümmerhaufen, den sie hinterlassen hat. Geküsst hast du sie, ihren Körper, ihr Herz. Jetzt bist du doch wieder einsam, leckst deine Wunden, trocknest deine Tränen. Angst hast du vor neuer Enttäuschung, du willst nie wieder lieben, nie wieder verletzt werden. Höre auf ihren Namen zu rufen. Schweige! Versuche aus dem Scherbenhaufen aufzustehen. Denke nicht an deine Sucht, dein Begehren, ihre Hingabe. Die gab es nämlich nie. Lass deine Küsse nicht vertrocknen, lass dich wieder entfachen und zum Brennen bringen. Steige wieder auf, hinauf zu dir selbst, trete aus dem Schatten deines Verlangens hervor. Werde du selbst, lass dich nicht von ihr steuern. Du musst leben!
Selbst wenn die Wunde in deinem Herz tief ist, aus ihr noch frisches Blut tropft, lass es gerinnen. Mit den entstehenden Narben kann man auch leben. Habe keine Angst dass sie wieder aufbrechen. Du wirst einen Weg finden mit ihnen umzugehen. Deine Liebesopfer sind nun nichtig, trauere ihnen nicht hinterher, gib nicht dich und dein Wesen auf. Komm heraus aus deiner dunklen Ecke. Nimm deine bittenden Hände weg, das ist es nicht wert.
Merkst du den Geschmack deines Blutes auf deinen Lippen? So fest denkst du an sie, dass du nicht merkst, dass du blutest. Lass deine Seele schreien, selbst wenn es einer der lautesten und längsten Schreie deines Lebens ist. Höre auf deinen Geist, er sagt dir, was zu tun ist. Auch die innere Zerrissenheit und die Leere wirst du überwinden. Aber bitte, wenn du nicht willst, dann leide, ich sehe dir dabei zu. Du willst dein Elend, deinen Schmerz auskosten? Dann

tu das! Ich hindere dich nicht daran. Ich nehme mir wonach mir der Sinn steht, unabhängig von dem, was du auch immer tun wirst. Wenn du so weitermachst wirst du nie wieder lieben und leben können. Du fällst immer weiter hinunter, du wirst zerschellen. Stoppe den Fall und lass dich auffangen, sonst richtest du dich selbst zugrunde. Bleib am Leben und nehme daran teil!

Da stehe ich nun,
vor den Ruinen,
dein Grab,
ich spucke darauf,
ich habe dich geliebt,
dich respektiert,
verachtet,
ja,
ich werde mich umdrehen,
nach ein paar Schritten schon,
werde ich deinen Namen vergessen haben,
an diesem Tag bist du gestorben,
du lebst noch,
nicht mehr,
für mich tot,
wiederauferstanden,
ich werde dich so in Erinnerung behalten,
doch du bist gestorben,
an diesem Tag,
einsam,
selbst gewollt,
geh,
der falsche Weg,
vergessen!

Einsam liege ich hier am Boden, bereit zu sterben. Der emotionale Tod trat schon vor Jahren ein. Ich bin so kalt, alles gefriert in meiner Gegenwart. Die blauen Augen strahlen Kälte aus, sorgen dafür, dass du dich unwohl fühlst. Wie spitze Eiskristalle bohren sie sich in dein Gesicht. In meiner Nähe frierst du, meine Umarmung lässt dich erstarren. Kein Blut in meinen Adern, keine Gefühle in meinem Körper, nur Eiseskälte. Versuche nicht mich zu erwärmen, die Flamme kann dieser Kälte nichts anhaben, sie wird von ihr nur erstickt.

Die Zukunft lag ausgebreitet vor mir, ich konnte sie sehen und was ist mir geblieben? Nichts, nur die Leere. Du willst mich vom Gegenteil überzeugen? Das wird nicht funktionieren, niemand kann zu mir durchdringen. Mach dir keine Sorgen um mich, so oft bin ich schon gestorben und wieder auferstanden. Jedes Mal aufs Neue. Die Schmerzen habe ich schon längst überwunden. Sie kommen nicht mehr gegen die Kälte an. Willst du nicht diesen Weg mit mir gehen? Es tut nichts mehr weh, niemand und nichts kann dir etwas anhaben, da du selbst nur Leere in dir hast. Wozu solltest du dich so lange quälen wie ich es getan habe? Höre auf mich und folge mir! Aber wie solltest du das können? Du warst immer schon so anders als ich, lebtest in einer anderen Welt. Warum wolltest du mit mir gemeinsam ein Stück des Weges zurücklegen, wo du doch wusstest, dass es nicht gehen wird? Ich projizierte meine Wünsche und Vorstellungen auf dich, obwohl es von Anfang an hoffnungslos war. Wieder erlitt ich Enttäuschungen, wobei ich mir doch geschworen hatte, nie wieder dies durchmachen zu wollen. Trotzdem hast du es geschafft dich und mich zu blenden. Du tatest es mir gleich und sprachst sogar deine Wünsche aus. Wie kann man sich wünschen jemanden lieben zu wollen? Betrogen hast du dich damit.

Die einzige Wirklichkeit ist das Leben. Warum hast du deinen Realitätssinn verloren? Stehst du nicht mitten im Leben? Sagtest du das nicht zu mir? Warum gabst du mir Resonanz auf meine Gefühle, wenn du es eigentlich nicht hättest tun können? Weil kein Resonanzkörper dafür vorhanden war, konntest du es doch gar nicht, „wo nichts ist, kann nichts entstehen, kann um nichts gekämpft werden". Das waren deine Worte, die sich tief in mich hineinbohrten. Mein Herz wurde so zerrissen. Ich bin deiner Lügen müde. Die Gefühle des Leids sind nun gefroren, auch alles andere. Wieder drängt sich die Frage auf, ob ich je wieder lieben kann und ich weiß die Antwort darauf. Mein Traum von der Ewigkeit barg den Schmerz. Auf dem Schlachtfeld meines Lebens werde ich wohl resignieren. Zerborsten sind meine Träume, meine Lippen schweigen, meine Seele ist ängstlich. Durch meine Tränen kann ich den Scherbenhaufen erkennen, der vor mir liegt. Hilflos ausgeliefert bin ich den quälenden Gefühlen. Ich will ins Jenseits, ohne Wiederkehr. Aber ich kann nichts tun, bin gefesselt an nackten Wänden in einem leeren Raum. Der Wind des Todes bläst sogar durch die geschlossenen Fenster. Doch setzt sich das Gefecht in meinem Kopf fort. Gefangen in Selbstmitleid und meinem Leben, keine Möglichkeit auszubrechen. Ich will den Tod in die Arme schließen. Mit der Kraft meiner Gedanken den Tod so angenehm wie möglich gestalten.
Aber was bleibt am Ende von den wirren Gedanken? Ich weiß doch ganz genau, dass menschliche Nähe sämtliches Eis zum Schmelzen bringen kann. Mein Herz wird wieder erwärmt werden und wieder wird ein Mensch Teil meines Lebens sein, ich der seines. Wieder werden wir gemeinsam ein Stück des Weges gehen, vielleicht für immer, vielleicht nur für kurze Zeit. Ich weiß, dass ich mich wieder öffnen, wieder fühlen und auch wieder enttäuscht werden kann.

So bleibt am Ende die Hoffnung, denn erst wenn sie
gestorben ist, dann werde auch ich tot sein.

Ich möchte weinen,
schreien und flehen,
doch ich kann nicht,
nicht jetzt doch irgendwann,
es wird eine Zeit geben,
da ich ehrlich sein kann,
mit mir selbst,
meiner Seele und der Welt,
dieser grausamen Existenz,
die ich nicht verstehen,
nicht leben kann,
warum so tief,
so unbegreifbar dunkel,
du, einst so tröstend,
nun gibst du Hass,
reißt mir die Flügel entzwei,
und lässt mich fallen,
so tief,
ich werde aufschlagen,
in tausend Stücke zerspringen,
abermals Scherben,
die erneut heilen werden,
um wieder zu zerschellen,
erneut zu blühen und wieder zu sterben,
der ewige Kreis,
das ewige Ende,
doch ich nicht,
ich werde es nie verstehen,
nie leben und immer wieder verlieren,
ich sterbe so jeden Tag,
lass mich leben!

Selbstaufgabe

Angst,

weiß nicht warum,
eiskalte Schauer,
so kalt, tausend Nadeln,
ist es dieser Ort,
meine Erinnerung,
Träume,
Kälte,
es ist so still,
die Stimmen der Rastlosen,
sie streichen über meine Haut, meine Seele,
lassen mich fühlen,
Gedanken sehen,
warum hier,
so kalt,
der Schatten lebt,
so deutlich,
sie begleiten mich,
meine Gedanken so fern,
doch hier gefangen,
angekettet,
meine Flügel gebrochen,
so einsam,
gebrochen,
die Heilung so fern,
du Hoffnung,
gib mir einen Tropfen,
der Gedanken,
die so kostbar,
rein,
der Weg,
Leiden,
das Ziel,
Sterben,

doch ich werde leben,
jeden Tropfen geben,
euch, denen dies Grau gilt,
deren Flügel zerrissen,
die angekettet voller Pein,
langsam verbluten,
da doch dieses Leben,
euer Leben und euer Kopf leer sind,
ihr mich mit euch reißt,
so reglos,
doch mein Geist lebt.

Wer bin ich? Wo gehöre ich hin? Wo komme ich her? Ich erkenne mich selbst nicht mehr. Mein Leben ist ein dunkles Geheimnis, das sich nicht einmal mir selbst offenbart. Liege ich im Koma oder lebe ich noch? Mein Herz wird vom Wahn meines Verstandes umklammert. Immer tiefer sinke ich ins Nichts. Nur Leere, eine angenehme Leere. Ohne Gefühle ist es leichter. Jegliche Handlungen und alles, was ich fühlte, hat keine Bedeutung mehr. Es gibt nichts mehr was mich hält. Eine nie endende Nacht umgibt meine Sinne. Fetzen meines Lebens ziehen durch meine Gedanken, doch ergibt alles keinen Sinn. So tiefe Bedeutungslosigkeit ist in mir. Warum lebe ich noch, wenn ich nicht einmal weiß, ob ich noch am Leben bin? Die Tür zum Alleinsein habe ich geöffnet und hinter mir geschlossen, sie verschlossen. Niemand kann mir dorthin folgen. Den Schlüssel habe ich weggeworfen.

Vielleicht lebte ich nur Lügen, habe nie erkannt, dass man hinter die Masken schauen muss. Zu spät, jetzt bin ich hinter die Tür der ewigen Einsamkeit getreten. Nichts wird jemals wieder so sein, wie es einmal war, ich werde es nicht zulassen.

Haltet mich ruhig für egoistisch. Ich bin es aber nicht. Ihr werdet nur so denken, weil ihr es nicht versteht. Gebt zu, dass ihr mich nicht verstehen wollt. Ich sah den Abgrund, war am Ende, so weit unten, dass ich lieber tot sein wollte als das hier noch länger zu ertragen. Glücklich und zufrieden seid ihr also? Stillschweigend nehmt ihr alles an. Eine Meinung habt ihr zwar, vertretet sie aber nicht. Ich tue dies, aber was ist der Dank dafür? Ihr lasst mich fallen, tretet mich mit Füßen, obwohl ihr genau so denkt. Lassen wir es dabei. Ich werde nicht schweigen, auch wenn ich dadurch im Abseits stehe. Mein Mund formt trotzdem meine Gedanken und mein Kehlkopf lässt sie laut werden. Wenn man einen Kopf zum Denken hat, dann soll man ihn auch nutzen. Was soll dabei schon passieren? Angst habt ihr? Wovor? Ihr habt mich gesehen und wollt nicht so dastehen wie ich? Dann lebt weiter so, wie ihr wollt. Mir ist das egal, ich lebe so wie ich es will, auch wenn es euch missfällt. So bin ich eben ein Außenseiter, aber ich genieße es. Kein Wort bereue ich. Hinter jedem stehe ich, jedes vertrete ich. Die Distanz kann sowieso nicht mehr größer werden. Ich bin stolz darauf und sage lediglich, was mich stört und nehme nicht alles einfach so hin. Wie ich eure Heuchelei satt habe. Wacht endlich auf, ihr seid nicht besser als ich. Ich verstehe euch nicht.

Sieh mich nicht an,
berühr' mich nicht,
nicht mit einem Hauch!

Kein Wort,
nicht mehr,
nie wieder,
ich weiß es nicht.

So warme Zärtlichkeit,
so kalte Gedanken,
ich erstarre zu eisigem Stein!

Verwüstung,
du bist blind,
weiße Augen,
nicht du bist allein.

Sprich zu mir,
kein Wort,
hör zu!

Ich habe dir so viel zu sagen,
zu viel,
fass' mich nicht an,
sieh' nicht auf,
nicht so,
hör' mich an,
fange an zu verstehen,
du kannst mir nicht antworten.

Gib mir ein Zeichen,
der Weg?
Ich verstehe nicht,
nicht mehr.

Kämpfe,

auf halbem Weg zurück,
weg von dir!

Gib mir Dunkelheit,
blutrote Nacht,
zitternde Worte wärmen.

Dunkle Tränen und stumme Schmerzen,
tastend suche ich das grelle Licht,
um in mein Herz zu hören,
sinnlose Worte und verstaubte Gedanken,
es ist versteinert,
zu Staub zerfallen.

Träume kehren zurück,
ich kenne sie gut,
doch warum,
kann es nicht verstehen,
allmählich verblassen sie,
nur ein Versuch sie zu halten,
sie entschwinden,
zu schnell,
nur noch Bruchstücke,
ein Dorf des nicht willkommen Seins,
Hoffnung flog,
endlich „Zuhaus"?
Doch die Reise dauert an,
noch so lange,
rotes Haar als Zeichen,
mein Weg zum Ende grau,
ein Ende meiner Begierde,
sie wird nicht erlöschen.
Rote Farbe will ich,
nur eine Frage des wohin,
doch warum Rot?
Rot wie Blut,
doch Wasser blau,
so ruhiges Schwarz,
das Eis auf meiner Haut gibt Antworten,
Rose aus Eis,
Symbol meiner Träume,
sie geben Wünsche preis,
ein Spiegel kehrt Inneres nach außen,
doch meine Augen Fenster,
Verstehen als Wahrnehmung,
der Weg dorthin durch Schluchten,
zu viele Ziele,
doch Ziele mein Weg,
der Weg zu mir…

Bringt mich weiter um, reißt immer mehr Stücke meines Herzens heraus. Warum tut ihr das? Ich will nicht wieder einmal mich selbst bemitleiden. Die einzige Frage, die ich habe, ist das warum... Könnt ihr mich nicht einfach in Ruhe lassen? Eure Taten bringen mich um den Verstand. Schlagt mit euren Worten weiter auf mich ein und drückt mich zu Boden. Warum geht ihr nicht auch den letzten Schritt? Ich liege sowieso am Boden und bin schon halb verblutet, nur noch ein letzter Tritt oder ein kräftiger Schlag und dann ist es vorbei. So könnt ihr mich von meinem Elend erlösen. Ich bitte euch so sehr darum. Warum tut ihr es nicht? Erlöst mich bitte. Lasst mich nicht so weiter leben. Wieso macht es euch so viel Spaß mich zu quälen?

Kannst du nicht einmal aufhören mich zu enttäuschen? Immer und immer wieder tust du etwas womit du mich so tief verletzt. Was denkst du wie lange ich das noch ertragen kann?

Willst du, dass ich irgendwann gar nichts mehr fühlen kann? Es stirbt jedes Mal ein Teil von mir.

Ich habe keine Lust mehr darauf. Eigentlich will ich nichts anderes als sterben. Der Tod ist die Erlösung. Nur bin ich zu feige den letzten Schritt zu wagen. Welche Befreiung wäre es endlich fort von hier zu sein und das alles hinter mir lassen zu können.

Ich glaube nicht, dass ich jemandem sonderlich fehlen würde. Vielleicht die ersten zwei oder drei Wochen, aber dann nicht mehr. Es bringt mir nichts weiter mit diesen Lügen zu leben. Mir ist es einfach zu viel. Ständig dieses auf und ab. Lasst mich doch bitte sterben, bevor mein Herz zu Stein wird.

Versuchen könnte ich es vielleicht, mir die Pulsadern aufschneiden oder ich hänge mich auf oder wie wäre es mit Tabletten?

Aber dann würde dein Bild vor meinen Augen auftauchen und ich könnte es nicht. Ich mache das nicht wegen dir, sondern wegen mir. Du bist nicht der Grund dafür, ich kann nur einfach nicht mehr. Bitte verstehe mich. Sei mir nicht böse. Das einzige, was ich jemals so richtig geliebt habe warst du. Der Gedanke an dich wird das letzte sein, was ich haben werde und was mir von dir bleibt. Ja ich liebe dich immer noch so sehr. Aber glaube mir, du bist besser dran ohne mich.

Du müsstest nicht meine ständigen Launen ertragen und hättest die Möglichkeit mit jemandem zusammen zu kommen, der dich besser behandelt, so wie du es verdienst. Du bist ein lieber Mensch und das sollte man dir auch zurückgeben. Du bist das Beste was mir je passiert ist. Du hast so wunderschöne Augen, ein so bezauberndes Lächeln und einen liebenswerten Charakter.

Lass dir nicht deine besten Jahre von mir nehmen. Ich weiß nicht, ob ich dich so glücklich machen kann, wie es ein Mensch wie du sein sollte.

Ich gehe jetzt an den Ort, den ich als letztes sehen möchte. Halte mich nicht zurück. Dieser Ort ist so schön, er soll meine letzte Ruhestätte sein. Bevor ich sterbe werde ich ein Gebet für dich sprechen.

Und jetzt lasst mich allein! Weg von diesem Ort! Ganz allein möchte ich meinen letzten Sonnenuntergang hier erleben, wie schön der Glanz der untergehenden Sonne auf dem Schnee ist. Alles ist so weiß und unschuldig. So wie ich es schon lange nicht mehr bin.

Ein letzter Gruß von mir und dann werde ich für immer vergehen und aus euren Gedanken verschwinden.

Macht es gut...

Der Wind weht,
mein Haar streichelt mein Gesicht,
versucht mich zum Lachen zu bringen,
doch das kann ich nicht.

Es sagt du sollst lachen,
doch wie soll das gehen,
ich wusste es einmal,
doch nun nicht mehr

Wie soll man auch lächeln,
wenn man nicht glücklich ist,
Glück empfinden,
wenn man all das vergessen hat,
weil es schon so lange her ist.

Ich spüre den Schmerz,
der meine Kehle zudrückt,
Ich sehe die Erinnerungen,
die mir die Tränen in die Augen treiben,
Ich denke an all das,
was geschehen ist und was nicht.
Wie soll ich da nur lächeln,
der Wind des Abgrunds weht um mich!

Wieder ist es geschehen. Meine Hoffnungen und Träume sind zerstört. Alles was ich mir aufgebaut habe ist zunichte. Geschlagen und zertreten liege ich am Boden, nicht fähig mich zu rühren oder einen klaren Gedanken zu fassen. So oft ist mir dieses widerfahren. So oft bin ich wieder aufgestanden, habe die Schatten der Vergangenheit weit hinter mir zurück gelassen, neue Kraft geschöpft, mich auf einen Menschen eingelassen. Ich habe neue Gefühle entwickeln können, mich neu verliebt, Träume gehabt. Ständig wurde ich wieder enttäuscht, allein zurück gelassen mit meinen Gefühlen, meiner Trauer, meiner Angst und meinen Schmerzen. Die Narben sind wieder verheilt und wurden erneut aufgerissen bis sie wieder bluteten. Jedes Mal ein wenig mehr. Jetzt ist kein Tropfen Blut mehr in mir. Nicht einmal auf meine sonst einsetzende Apathie kann ich mich verlassen. Sie hat mich so oft schon vor schlimmerem bewahrt. Jene Kälte, die selbst Gefühle überschattet. In ihr habe ich mich verloren und neue Hoffnung gewonnen. Sie trocknete sogar meine Tränen.

Warum kommt sie jetzt nicht über mich und lässt mich in dieses heilende Schwarz eintauchen, in dem die Zeit still steht. Wo mein Schmerz nachlässt und er seine tötenden Spieße nicht noch tiefer in meine Wunden stoßen kann? So viele Fragen sind in meinem Kopf und drängen darauf durch meine Hand auf einem Blatt Papier Ausgang zu finden. Sonst wurden sie durch den heilenden Balsam beantwortet indem ich sie durch Hoffnung zum Schweigen brachte. Aber jetzt bleibt mir nur die Verdrängung. Sie wollen keine Ruhe geben, kommen immer wieder in meinen Sinn. Ich habe das Gefühl, dass mein Kopf zerspringt, sie brauchen Platz, versuchen durch jede Öffnung einen Weg nach draußen zu finden. Warum lasse ich sie nicht einfach hinaus? Weil ich die

Antwort längst kenne. Ich habe Angst vor diesen Fragen, weil ich sie beantworten kann.

Wie viel Leben ist noch in meinem Körper? Ich fühle mich so leer. Ein kleiner Schnitt in meinen Oberschenkel aber kein Blut. Immer tiefer – doch kein Blut. Langsam ziehe ich das Messer heraus. Die Klinge müsste blutverschmiert sein, doch ist kein einziger Tropfen daran. Sie glänzt so, wie vorher, als ich das Messer aus der Schublade in der Küche nahm. Dann schneide ich meine Pulsadern auf und warte dass das Blut mir entgegen spritzt. Meine Erwartung wird enttäuscht. Wieder sehe ich keinen einzigen Tropfen. Wie ist das möglich? Ich bin doch ein Mensch und habe es schon oft gesehen. Es floss über meine Oberschenkel. Die Narben sind noch zu sehen und werden auch nie mehr verblassen.

Ist es mir nicht einmal mehr vergönnt mich aus diesem Leben zu stehlen, um all dem zu entgehen und meine Ruhe zu finden? Ich will und kann nicht mehr.

Wieder drängen sich diese Fragen auf. Ich schüttele meinen Kopf um sie abzustreifen, doch die Stimmen in meinem Kopf werden lauter. Ich kann sie nicht mehr überhören.

Ich werde die Antwort hinaus schreien. Es tut so weh die Wahrheit ans Licht zu bringen. Es ist um so viel schlimmer als sonst. Der Schmerz ist so viel stärker als vorher, so wie ich noch nie einen Schmerz gekannt habe. Ich kann es nicht aushalten, kein Dunkel, in das ich mich flüchten kann, keiner der mir helfen kann. Nur einen einzigen Wunsch habe ich noch, dieses alles hinter mir zu lassen. Anscheinend kann ich es nicht, schneide ich mir meine Pulsadern auf, damit alles vorbei ist, aber kein Blut kommt zum Vorschein. Aber ich kann nicht mehr, lasst mich doch sterben – allein.

Ich laufe durch die dunkle Nacht und versuche

meinen Gedanken zu entfliehen, ihnen zu entkommen. Doch sie lassen mich nicht los. Weinend, schreiend und vom Regen durchnässt laufe ich weiter. Auf einmal stehe ich vor einem Hochhaus. Ich warte bis jemand heraus kommt, schlüpfe hinein und renne die Treppen hinauf. Als ich oben angekommen bin, tropft der Schweiß von meiner Stirn und vermischt sich mit dem einsetzenden peitschenden Regen. Die Tropfen schlagen mir ins Gesicht, doch können sie den Schmerz in meinem Inneren nicht überlagern. Langsam streift mein Blick über die Stadt und ich sehe mir die verschwommenen Lichter an. Mein Schweiß fließt in Strömen über meinen Körper und ich zittere.

Dann lasse ich los und falle...

Ich sitze auf meinem Felsen,
Ein Felsen? Nein, für mich ist es einer!

Ich ziehe den Rauch in meine Lunge,
starre den Hang hinunter!

Ich lasse den Nebel frei,
ich sehe den Abhang!

Ich starre in die Tiefe,
nicht nur in der Realität vor diesem Nichts!

In meinem Geist wälzen sich Gedanken,
Gedanken voll der Erinnerungen,
Erinnerungen an Geschehenes,
Geschehenes, das so grausam war,
die Grausamkeit an sich!

Ich habe nicht vor mich hinunter zu stürzen,
Ich werde magisch von diesem Abgrund angezogen,
ich will weglaufen, doch meine Kräfte schwinden,
langsam aber sicher verliere ich den Halt,
den Anker zum Leben,
nur eine Rettung!

Freunde helft mir,
Erinnerungen und Gedanken zerstören,
Schmerzen fressen,
ich will nicht mehr…

Sorgen und Probleme, die dabei sind mich in den Wahnsinn zu treiben. Ich will fliehen, kann jedoch nicht, werde immer mit neuen Problemen konfrontiert, die sich in Form von Angst auf meine Seele legen und sie quälen. Doch nicht länger will ich das ertragen, ich kann nicht, ich gehe daran zugrunde. Meine Seele kann diese Lasten nicht länger tragen, sie zerbricht an ihnen und versucht aus meinem Leben auszubrechen, aus meinem erbärmlichen Leben, in dem ich alles bekam außer Zufriedenheit, Liebe, Wärme und Geborgenheit. Meine Sinne sterben, ebenso wie meine Gefühle, nur noch Kälte befindet sich in mir und frisst sich in mein Herz, das allmählich zu Stein wird und droht zu verbrennen an dieser Kälte. Jeder Halt ist verloren, es hält mich nichts hier, verdammt zum Leiden, zum Zerfließen in Selbstmitleid. Mein Grab ist schon lang geschaufelt, der Sarg schon angefertigt, nur liegt der Deckel nicht auf ihm, nur die Leere. Über mir hängt drohend Damokles' Schwert, jederzeit bereit niederzufallen, um mich zu enthaupten. Womit verdiene ich es zu leben? Damit andere durch mich leiden, ich ihnen Kummer bereite? Ich weiß nicht, vielleicht ist es so, vielleicht auch nicht, vielleicht war es von vornherein so bestimmt durch das Schicksal? Nein, Schicksal gibt es nicht, nur Glauben und selbst der ist mir nicht geblieben.

Exitus – ein Wort, mein Wort. Unschuldig verurteilt – schuldig gesprochen? Nein, nichts davon, ich bin mein eigener Richter, Richter der Ungerechtigkeit, des Todes, der Verdammnis? Mein Lebenslicht ist fast verloschen, genau wie meine letzte Zigarette. Stumme, unbeantwortete Gebete, das ist, was mir bleibt. Dabei genieße ich das Leben, liebe es sogar, doch es mich nicht. Alles läuft gut, so wie geplant, ich nicht, ich gehe meinen Weg, einen steinigen Weg, den niemand nachvollziehen kann. Deshalb komme ich nicht ans Ziel und bemitleide mich selbst, indem ich mir einrede, dass niemand auf meiner Seite ist und mich versteht. Verständnislosigkeit, Intoleranz, menschliche Werte, die im Prinzip unmenschlich sind, danach streben sie, die Menschen um mich herum. Leer sind ihre Stimmen, ihre Blicke, unverständlich ihre Worte, ihr Lebensziel. Ich drehe mich im Kreis, so wie ein Karussell, das nicht angehalten werden kann, immer das gleiche, Tag für Tag.

Macht, Streit und Regieren, jeder will das, andere für sich gewinnen. Das, was sie sich aufgebaut haben nieder zu machen. So lasse ich mich nieder und beobachte ihr Treiben und kann kein Verständnis dafür aufbringen, da ich nicht besser als diese bin. Ich bin Teil ihrer Welt, lasse sie aber nicht in meine Welt, wodurch sie mich meiden. Mir macht das nichts aus, da ich es aufgegeben habe mich durch irgendwelche Kleinigkeiten selbst ins Unglück zu stürzen. Diesen Triumph lasse ich ihnen nicht, da ich am Ende über mich selbst triumphieren werde. Nur ich selbst besiege mich, selbst wenn die Welt glaubt, sie hätte es geschafft, so stehe ich doch wieder auf und lebe weiter mein erbärmliches Leben.

Tief gezeichnet vom Leben, mit Narben am ganzen Körper, lecke ich meine Wunden, so dass ich am Ende wieder vollständig aufstehen kann, damit meine Narben wieder aufgerissen werden können und ich wieder blute. Aber irgendwann habe ich kein Blut mehr in mir, es gerinnt und bildet Krusten auf meiner Haut. Ausgesaugt wurde ich, doch immer noch fühle ich etwas durch meine Adern fließen, doch es ist nicht rot, was meine Adern durchströmt, es ist schwarz, so schwarz wie der Abgrund vor dem ich ständig stehe oder das Loch, in das ich zu fallen drohe. So verstummt meine Hoffnung und das einzige, was mir bleibt ist eine vage Erinnerung an längst Vergangenes, das eigentlich abgeschlossen sein sollte. Die Tür öffnet sich wieder, obwohl der Schlüssel verschollen ist. Es fehlen die Nägel auf dem Sarg denke ich bei mir und beginne sie einzuhämmern. Die Zeit vergeht langsam. Deshalb tanze ich, will die Zeit so beschleunigen. Niemand, der mir dabei zuschaut, niemand der mich dabei sieht, niemand, der mit mir tanzt. Nur Masken, vielleicht sind dahinter Gesichter versteckt, vielleicht auch Fratzen, sie offenbaren sich mir nicht und ich tue es ihnen gleich und werde selbst zum Maskenträger um meine Tränen zu verbergen, meine Trauer nicht zu zeigen. In mir Wut, Hass und Verzweiflung. Ich frage mich, wer oder was mich wütend macht, meinen Hass entfacht hat und mich zur Verzweiflung bringt. Darauf finde ich keine Antwort, nur Fragen bleiben in meinem Kopf zurück und beschäftigen mich, bis schließlich nichts anderes übrig ist als ein Fragezeichen. Letztendlich bleibt mir nur der Untergang, so dass kein Schmerz mich mehr berühren kann, da er mich blind, taub und stumm werden lässt. Die Glut flammt ein letztes Mal auf, bevor nur ein verbranntes Stück Fleisch bleibt, dass zu Asche zerfallen wird. Mit tränenerstickter Stimme versuche ich ein letztes Aufbäumen, aber vergebens.

Rufe deinen Namen,
wer bin ich?
Suche dich,
kenne ich mich?
Wo bist du?
Ich weiß nicht wer du bist!

Laufe,
die Welt so leer,
totenstill,
Wege folgen Lichtern,
Schreie,
mein Geist versagt.

Die Dunkelheit sinkt nieder,
rastlos,
ziellos,
alles beginnt zu verschwimmen,
Wo nur bin ich!
Kein Laut.

Tränen bilden Räume,
Schmerzen mischen sich hinein,
Gefühle fallen so tief.
die Wirklichkeit entsteht,
Qualen geben zu verstehen,
verstandlos.

Die Lichter sind verschwunden,
da, sie tanzen,
nehmen was sie wollen,
verdunkeln das Sein,
das Wasser ist kalt,
und so einsam.

Es stirbt,
die Tränen nehmen es auf,

Träume so grausam,
Zweifel gibt es nicht mehr,
Gedanken bannen,
das Ende.

Rachegelüste

Heute Nacht sterbe ich. Lass mich deinen warmen Kuss noch einmal spüren, deine Haut berühren, bevor ich in die ewige Dunkelheit versinke. Dort wird kein Licht sein, keine Sonne für mich scheinen. Es wird die Verdammnis sein, die ich vorfinden werde. Kein Mensch wird dies je sehen, die Schmerzen meines Herzens fühlen, die Qualen meiner Gedanken hören. Meine Worte bleiben stumm, kein Ohr wird sie wahrnehmen. Ich baue meine eigene Welt aus Schmerz und Leid. Das ist alles, was ich will, worin ich mich wohl fühle, meine Seele daran labe. Nur dies gibt mir Kraft und Halt, da du nun endgültig und unwiederbringlich von mir gegangen bist, dich aus meinem Geist geschlichen hast.
Komm doch zu meinem Grab, meiner letzten Ruhestätte. Du wirst mich dann das letzte Mal sehen, aber nimm dich in Acht davor mich zu verspotten. Noch weißt du nicht, dass ich jede Nacht neugeboren werde und die Möglichkeit habe, dich heimzusuchen. Du bist nur ein Opfer dieser Zeit ohne eigene Gedanken, eigenen Lebensstil, du passt dich jedem an, hast kein Stück Individualität in dir. Alles übernommen von anderen, damit hast du mich dazu gebracht dich zu verachten, dich zu hassen, regelrecht Abscheu vor dir zu entwickeln. Zu oft habe ich Menschen wie dich gesehen und ihren Untergang. Auch deinem wirst du nicht entgehen und ich werde ihn mir mit Freude ansehen. Letztendlich werde ich die sein, die dich verspottet und verlacht. Ich habe das Geschenk der Unsterblichkeit und den Fluch immer wieder Menschen wie dich sehen zu müssen. Schließ dich ein mit deinen Utopien, realitätsfernen Vorstellungen. Selbst einen Funken Egoismus hast du nicht mehr. Lese ich in deinem Geist, sehe ich nichts außer dem Streben dich anderen anzupassen,

sie zu imitieren.

Oder ich sehe dich, wie du in deiner selbstgebauten und erdachten Welt versuchst deine Gefühle zu lenken. Indem du dir eine scheinbar undurchdringliche Mauer aufbaust, fühlst du dich stark und unverwundbar. Doch vergiss nicht, auch in deinen Kopf kann ich schauen und deine wahren Gedanken ergründen. Du bist einer der schwächsten Menschen, die ich kenne, lebst in einer Traumwelt und versteckst dich hinter einer Maske, die dein wahres Ich zu ersticken droht. Wann bist du bei dem Punkt angekommen, an dem du vergisst, wer du selbst bist? Wie viel deines Ich willst du noch verlieren? Wach doch endlich auf und stelle dich deinen Gefühlen, auch wenn sie dich überschwemmen, versuche sie in den Griff zu bekommen, nur so findest du dich selbst wieder. Ich kann nicht ewig für dich da sein, auch du wirst mich für tot halten, obwohl ich ewig lebe. Nie wieder wirst du mich sehen, ich kann mich dir nicht offenbaren, dich nicht in meine Welt ohne Gefühle führen. Nur du allein kannst diese Reinheit des Geistes und seinen Sieg über die Gefühle nicht erreichen, da du unfähig bist dies zu zulassen und dein Wille durch deine Gefühle immer wieder gebrochen wird.

Ich will deinen warmen Kuss ein letztes Mal spüren
Du hast dich aus meinem Geist geschlichen
In Dunkelheit versunken ist es nun die Verdammnis
die ich vorfinde
Meine Worte bleiben stumm
Ich fühle meine eigene Welt aus Schmerz und Leid
Nimm dich in Acht davor mich zu verspotten
Da du doch kein Stück Individualität in dir trägst
Abscheu empfinde ich bei deinem Anblick
Menschen wie dich sah ich bereits zu oft
Auch du wirst deinem Untergang nicht entrinnen
Du bist so schwach
Versteckst dich hinter einer Maske, die dein wahres
Ich zu ersticken droht
Wann wirst du vergessen wer du bist?
Wie viel deines Seins wirst du noch verlieren
Wach endlich auf
Ich werde dich nicht in meine Welt der Gefühle führen
Die Reinheit des Geistes und der Sieg über die
Gefühle
Sie sind dir nicht gewährt
Dein Wille wird durch deine Gefühle gebrochen
Wach endlich auf und sei du selbst...

Mach mich doch so, wie du mich haben möchtest. Ich bin ein naives Kind, das noch keine eigene Meinung hat. Außerdem weiß ich nicht, wie man die Hose ohne Kneifzange anziehen kann. In deinen Händen bin ich wie Wachs, forme mich nach deinen Vorstellungen, ich werde es mir gefallen lassen und damit auch dir gefallen. Du bist meine Göttin, befehle mir jemanden abzuknallen und für dich mein Sonnenschein würde ich alles tun. Ich weiß, dass du viele Menschen hasst, aber bitte projiziere deinen Hass nicht auf mich. Lass sie mich töten, nur für dich. Danach komme ich zu dir und wir können uns unserer Liebe hingeben. Du hast noch so viele andere neben mir, belügst und betrügst mich, aber das macht nichts, denn ich vertraue dir blind. Besessen bin ich von dir, du besitzt mich. Alles habe ich für dich aufgegeben und ich habe es gern getan, so kann ich nur für dich da sein. Wann bin ich endlich perfekt für dich, ich habe mich doch so gut angepasst und auf alles verzichtet, was mich einst ausgemacht hat und von dem ich wusste, dass du es nicht willst. Wozu sollte ich es auch noch brauchen, wenn du in meinem Leben bist. Ich gebe mich dir ganz hin und verlange nichts als Gegenleistung. Benutze mich, lass mich dein Sklave sein. Nimm alles, was du willst, gib mir Schmerzen. Wirf mich nicht weg, lass mich leiden, bis ich den Schmerz nicht mehr ertragen kann. Meine Gefühle für dich sind unverrückbar, ich liebe dich so sehr, dass mir alles andere egal und frei von Sinn erscheint. Das einzige was zählt, sind meine Gefühle für dich. Ich mache alles für dich. Meine Naivität und Dummheit sind kaum zu übertreffen. Außer von dir! Denn du hast nicht gemerkt, dass ich den Spieß schon längst umgedreht habe.

Wie kann so jemand wie du überhaupt existieren? So etwas Falsches, Hinterhältiges wie du kann doch eigentlich nur meiner Fantasie entsprungen sein. So etwas darf es einfach nicht geben. Kennst du auch das Gefühl jemanden umbringen zu wollen? Wenn nicht wirst du vielleicht bald sehen wie es ist umgebracht zu werden. Ich hasse dich so, du bist ein erbärmlicher Wurm. Musst Intrigen spinnen um aus deinem kleinen verachtenswerten Leben ausbrechen zu können. Anders kannst du wohl den Ekel vor dir selbst nicht ertragen? Mein Blut kocht beim Gedanken an dich. Du bist mir ausgeliefert. Deine Qual wird meine Befriedigung sein. Der Tod wird dich in seine Arme schließen. Dein Leben ist ein Scherbenhaufen, verstehe das doch. Jämmerlich zugrunde gehen wirst du, krepieren. Ohne Wiederkehr wirst du im Jenseits vergammeln. Keinen Hauch von Menschlichkeit kann ich in dir erkennen, sogar im Sonnenschein gefriert deine Seele. Selbst wenn du dich auch noch so gut versteckst, ich werde durch die Wälder streifen, durch die Schluchten ziehen, nur um dich zu finden, das ist es mir wert, du kannst mir nicht entkommen. Vergessen kann ich nicht, will es nicht, werde es nicht. Irgendwann sehen wir uns wieder. Jahrelang werde ich dich suchen, nur um dich am Ende blutend in einem Graben zu finden und um deinen zerfetzten Körper zu betrachten. Dein Körper wird den Tod durch meine Hand erfahren und ich werde deine Seele ins ewige Feuer schicken. Dort wird sie bleiben und selbst dann, wenn du schon lange tot bist, wirst du weiter leiden. Ewig wirst du für das büßen, was du anderen und mir angetan hast. Nicht einmal der Tod wird dich erlösen. Wenn Ratten mit ihren roten Augen gierig nach deinem Körper stieren und dich danach bis auf die Knochen abnagen werden, wirst du immer noch Schmerzen spüren, seelische Schmerzen, deine Seele werde ich weiter peinigen.

Lachen könnte ich, wenn ich daran denke, dass du die Hoffnung hast mich im Tod nicht mehr ertragen zu müssen. Aber diese Hoffnung werde ich dir rauben, genauso wie ich dann dein Lebenslicht ausgelöscht habe. Ich werde keine Gnade kennen und dein Wimmern wird nicht zu mir hindurch dringen. Selbst wenn ich gestorben bin ist dein Seelenheil nicht sicher. Aufsteigen werde ich erneut, denn auch der Hass und die Wut kann unendliche Kraft verleihen. Sie zu erschöpfen wird dir nicht gelingen. Der schwarze Schlund der Düsternis wird dich verschlingen und dich in seinen Klauen halten. Du wirst so oder so sterben, wenn nicht durch meine Hand, dann durch eine andere. Wie lange willst du dein dreckiges Spiel noch spielen? Wie konnte ich dir nur jemals verfallen? Meine primitiven Triebe ließen mich blind werden für die Wahrheit. Doch bin ich aus meiner Trance erwacht um dir das Echo zu zeigen. Befreiend wird es sein deinen Körper in Flammen zu sehen, dich niederzubrennen, bis nichts mehr von dir übrig bleibt. Auf deiner Asche werde ich tanzen und werde dabei lachen, so wie ich noch nie gelacht habe. Meine Rache wird über dich kommen wie ein Ozean, der sich an den Felsen bricht. Niemand wird um dich weinen, nicht einmal der eine, von dem man sagt, dass er dunkelrote Tränen weint wenn ein Mensch stirbt. Ich werde dir das Sterben nicht angenehm gestalten, ich werde zuschauen wie du mit dem Tod ringst, umgeben von einer Blutlache. Nicht einmal dein Blut könnte ich trinken, der Ekel würde mich zum Erbrechen bringen. Dich dort liegen zu sehen, wird besser sein als meine Blutgier zu stillen. Jetzt hat der moralische Terror begonnen. Du wirst noch mehr leiden.

Dein Übermut hat dir letztendlich das Genick

gebrochen. Spielst du das gleiche Spiel mit allen anderen? Auch mit der Person, die dich gerade umgibt? Wie tief willst du eigentlich noch sinken? Keine eigene Meinung kannst du artikulieren, allen nach dem Mund reden, wie widerlich. Du bist doch nur ein Schatten deiner selbst. Es ist besser für dich zu sterben. Ich will und werde dich von diesem körperlichen Dasein erlösen und dich in eine andere Welt schicken.

Schwerelos,
schwebend,
Schmerzen,
doch frei,
der Weg zu mir,
durch Finsternis,
die Gedanken fließen,
doch lebe ich,
nicht mehr als vor der Zeit,
die mir gegeben,
mein Fleisch und Blut,
von euch,
die ich liebe,
zu denen ich mich träume,
leben,
doch Untergang,
warum das Rot in meinen Venen,
ich will es geben,
jeden Tropfen,
ist doch ein jedes Wort,
ein jeder Gedanke,
mein Leben,
ein wenig Sinn,
so schreibe ich,
hauche mein Leben aus,
um euch nahe zu kommen,
versteht,
lebt,
ich kann es nicht,
lebe und genieße,
und weiß doch nicht zu leben,
da doch dies Rot,
es ward zu meinen Gedanken,
die ich euch darreichte,
starb Stück für Stück,
Tropfen um Tropfen,
dieser meiner Schätze,

der Strom fließt,
doch wird er versiegen,
zur rechten Zeit,
da euer Kopf und euer Leben leer sind,
und die Welt tobt,
der Kampf,
der Untergang,
den die Engel begrüßen,
da sie Erlösung finden werden...
le Torture de l'Existence n'est pas sans Fin...

Kannst du nicht fühlen wie sehr ich dich liebe, merkst du nicht wie stark meine Gefühle für dich sind? Deine Selbstbezogenheit lässt dich blind werden für alles, kein Blick nach rechts oder links, vorn oder hinten, nur auf dich selbst schaust du. Ist denn keine Menschlichkeit in dir? Warum verletzt du alle um dich herum? Kein Wort nimmst du auf, verschließt deine Ohren, lässt nichts an dich heran, nichts willst du fühlen. Nicht mal den Mut hast du anderes als dein eigenes Blut zu trinken. Du hast kein Gefühl für mich übrig und doch küsst du mich. Ich verschwende meine Küsse an dich. Niemals wirst du mir gehören, auch nur eine Empfindung für mich haben.

Wie gern würde ich diese Welt verlassen um endlich frei von dir zu sein. Ich will dem Leid, welches du mir zufügst entkommen, vor meiner Sehnsucht fliehen, sie frisst mich auf. Gegen sie kann ich nicht ankämpfen, sie wird immer stärker und wird doch nie gestillt. Nur Lachen kannst du über mich, die Qual, die du mir bereitest, kann ich nicht mehr ertragen. Meine Seele schreit so laut nach dir, warum hörst du sie nicht? Jede deiner Berührungen schmerzt so unendlich. Wieso kann ich nicht sterben, ich will nicht mehr leben. Nie werden die Schreie meines Herzens verstummen, ewig wird es nach dir rufen. Ich will die Erinnerung an dich abstreifen, an jedes Wort, jede Geste, jede Berührung von dir, will ich mich nicht mehr erinnern. Hör auf, mich zu quälen. Meine Tränen siehst du nicht; selbst wenn du sie sehen würdest, würden sie dich nie berühren. Seitdem ich dich kenne hat das Wort 'Glück' jegliche Bedeutung verloren.

Du bist so unerreichbar für mich, nur meinen Träumen und Fantasien jage ich hinterher. Warum tust du mir so weh? Als ewiger Versager renne ich Illusionen nach, trauere um vergangene Zeiten. So erbärmlich und schwach; ich hasse es ein Mensch zu sein. Lass mich dich doch erreichen, nur einmal. Es ist so demütigend wie du mit mir umgehst und doch lasse ich es geschehen, wehre mich nicht dagegen. Mein Widerstand ist so tot wie mein Herz, durch dich. Schau mich an, siehe wie ich leide, nur für dich. Nicht einmal hassen kann ich dich, wie sollte ich das? Dafür liebe ich dich zu sehr. Es gibt nichts wodurch ich dich vergessen kann, nicht einmal Alkohol hilft mir über dich hinweg zu kommen. Was würde ich dafür geben ohne auch nur ein einziges Gefühl zu sein. Meine Schmerzensschreie verhallen im leeren Raum, ungehört.

Worte so sinnlos,
die Zeit verrinnt,
ist es der Sinn, der so fasziniert,
ich suche,
doch was ich fand war verronnen,
die Gedanken fliehen,
die euch berühren sollen,
und doch,
sie sind gefangen,
in sich selbst,
in mir,
meine Seele will sie hinaus schreien,
zu dir mein Herz,
das nur noch für einen schlägt,
und doch auch du musst Zeit finden,
los lassen,
sterbend leben in dieser Zeit,
Zeit, die so grau ist und so kalt,
warum kein Sinn,
das Ziel doch klar vor Augen,
ist es der Weg,
der unendlich scheint,
und doch steinig ist und vom Grau der Welt bedeckt,
der Sinn lebt,
in mir,
doch nicht in euch,
werden meine Gedanken je euer Herz erreichen,
es aufsprängen,
und die Welt leben lassen?

Wieder einmal saß ich hier und dachte darüber nach, worüber ich schreiben könnte. Und als ich so dasaß, fiel mir ein Treffen mit einem anderen Menschen ein, also eines Typs meiner liebsten Inspirationsquelle. Jedenfalls stellte ich dabei fest, dass es ziemlich einfach ist, Menschen zu manipulieren oder zu beeinflussen. Es bereitete mir eine große Freude zu sehen, wie sehr sich die andere Person anstrengte, nichts zu sagen, womit sie mich verärgern könnte.

Ich hasse es, wenn man mir nach dem Mund redet oder mich in Gesprächen gar zitiert, vor allem in Gesprächen mit mir, ich kenne alles, was ich jemals geschrieben habe. Noch schlimmer ist es, wenn man versucht intelligente Dinge zu sagen und dabei die Realität mit der Utopie vermischt. Alles nur, um mir etwas zu beweisen oder um sich gut mit mir zu stellen. Was soll das?

Mir liegt nichts an dir, höre auf mich zu interpretieren und in meinen Kopf schauen zu wollen. Es gelingt dir sowieso nicht und ich will dich nicht an meinen Gedanken teilhaben lassen. Wie naiv bist du eigentlich? Denkst du so wieder gut machen zu können, was du einmal verbaut hast?

Ich habe dich nur belogen, meine Maske aufgesetzt. Jeder Versuch deinerseits dahinter zu schauen schlug fehl. Nicht einmal das hast du bemerkt. Du siehst und kennst mich nicht wie ich wirklich bin. Belächelt habe ich dich die ganze Zeit, selbst das hast du nicht bemerkt. Was bist du für ein Mensch? Kein Wunder, dass du und deine Meinung für andere Menschen so viel zählt wie ein Stück Dreck. Schamlos erzählst du alles, egal ob unangebracht oder uninteressant. Es macht mich traurig das sehen zu müssen. Bist du so unsensibel für die Außenwelt oder einfach nur in deiner extrem kindlichen Naivität gefangen? Ich kann das nur schwer nachvollziehen. Wenn du so weitermachst, riskierst du deinen Kopf.

Wach doch endlich auf! Das sagte ich dir schon so oft, aber du willst dich nicht ändern. Wer spricht hier von Veränderung? Ich nicht. Wie willst du so in der richtigen Welt leben können? Oder willst du weiterhin in deiner realitätsfernen Welt, gebaut aus Illusion und Traum, bleiben? Dann viel Spaß dabei. Irgendwann verlierst du den Anschluss. Mich hast du schon verloren. Auch wenn du anderer Meinung bist. Warum sollte ich dir deine Illusionen nehmen und dir wehtun? Das machst du selbst schon gut genug mit deinem verklärten, aus Vorurteilen zusammengesetzten Weltbild. Du sprichst davon tolerant zu sein? Komm in die Realität zurück, schau dir das wahre Leben an und deinen Platz darin.

Du bist total von dir selbst überzeugt, merkst dabei aber nicht, dass andere nur noch über dich lachen können.

Du versuchst auf Krampf lustig zu sein und trittst dabei ständig auf den Gefühlen anderer herum. Ich halte dich für den Egoismus in Person; du siehst und beschäftigst dich nur mit dir selbst. Aber auch du bist Teil eines Gefüges und kannst nicht aus ihm heraus. Akzeptiere das!

Ich kann dich nur noch bemitleiden. Kein eigenes Leben hast du. Kopierst Charakterzüge und Angewohnheiten anderer. Ich finde das so erbärmlich und kann dazu nur noch sagen: „You will never be like me". Schade wenn man so leben muss wie du. Selbst Worte lässt du dir in den Mund legen. Was wundert es dich da, dass du allein dastehst? Wer hört schon gern seine eigenen Worte und Gedanken aus einem anderen Mund?! Ich jedenfalls nicht.

Wovor hast du Angst? Deine eigene Meinung zu äußern? Willst du lieber von allen verlacht und als niemand angesehen werden? Du bewegst dich immer weiter ins Abseits. Stelle dich doch der Wahrheit und dem Leben! Einen schlimmeren als den jetzigen

Stand kannst du sowieso nicht mehr bekommen. Wo nur Lüge ist, kann es keine Wahrheit geben. Du verleugnest dich selbst, dein Leben, deine Gedanken, einfach alles! Es ist Ekel erregend. Warum willst du es allen recht machen? Denkst du das merkt man nicht? So wirst du eher als Außenseiter abgestempelt, weil du krampfhaft versuchst dazu zu gehören. Wenn man nie widerspricht kann man sich auch keinen Respekt verdienen. Außerdem sollte man um widersprechen zu können auch zuhören und nicht in seinen Gedanken versunken sein. Du sitzt fest in deiner Traumwelt, blockst alle äußeren Einflüsse ab, es sei denn du bist so davon beeindruckt, dass du sie gleich kopieren musst. Aber selbst das schaffst du nicht, da du nicht fähig bist das ganze zu verstehen und nur Teile aufnimmst. Aus diesen Teilen baust du dir dein eigenes Ich, aber man erkennt es nicht. Nur schemenhaft sieht man dich, das andere ist überlagert von Imitationen.

Menschen sind keine Theaterpuppen oder Romanfiguren, sondern Individuen. Du kannst nicht Individuum sein, wenn du so wie jetzt fortfährst. Irgendwann ist kein einziger wahrer Teil mehr von dir vorhanden. Ab diesem Punkt kannst du nicht mehr zurück und wirst dann selbst nicht einmal mehr Fragmente deines eigentlichen Ichs erkennen können.

Man macht so viel für jemanden anders und zum Dank sieht man eine mehr als nur lächerliche Kopie des eigenen Ich.

So etwas charakterschwaches, wie dich, habe ich noch nie gesehen.

Ein Meer aus Glanz und Schein,
mehr Schein als Sein?
Sieh hin,
ganz nah,
Skulpturen sehe ich,
tot und leer,
doch Leben,
zahlreich,
immer mehr,
lebendiger denn je zuvor,
stetig wächst die Zahl,
Kreaturen,
nicht von dieser Welt,
doch ihr eigen,
überall,
Alpträume jagen...

Warum liebe ich noch, wenn ich mir damit nur Schmerzen zufüge? Es endet in Enttäuschung. Ich schenkte dir meine Seele, mein Herz, alles was mich ausmacht. Du nahmst es an, holtest mich aus den finsteren Räumen, erhelltest sie für mich. Du konntest meine Narben sehen, die mir geblieben sind, wolltest sie heilen. Doch du hast sie noch tiefer gemacht. Ich habe das wichtigste verloren, das wertvollste, was doch das einzige war, das mir noch blieb. Ich teilte meine Erinnerungen mit dir, gab meine Vergangenheit preis ließ dich in mein Herz schauen, in meinen Kopf. Du hast mich so kennen gelernt, wie sonst niemand. All meine dunklen Seiten hast du gesehen. Warum hast du mich nicht festgehalten als ich es am nötigsten hatte, mich nicht aufgefangen als ich immer tiefer fiel? Ich brauche dich doch, nur du hast mir Licht geben können und neue Hoffnung. Dann tratest du alles mit Füßen, schlugst mir mein Herz aus der Hand, das ich dir entgegenstreckte. Du hast mir versprochen es zu heilen, es vor neuem Leid und Schmerz zu bewahren, versprachst mir dir Zukunft mit dir.
Jetzt hast du mich verraten und alles, was ich dir gab, weggeworfen. Doch sei gewiss, dass meine Rache unerbittlich sein wrd. Bis ans Ende deiner Tage werde ich dich in deinen Träumen verfolgen und mir das zurückholen, was du mir geraubt hast. Das, was du verbrannt hast, werde ich aus der Asche neu entstehen lassen, etwas vollkommen Neues schaffen. Nein du wirst mich nicht wieder erkennen. Deine Träume werden von mir gelenkt sein, du wirst mein hämisches Grinsen nicht mehr aus deinem Kopf tilgen können.
Benutzt hast du mich um deine primitiven Triebe zu befriedigen. Es geht dir nur darum Zufriedenheit durch Befriedigung zu bekommen, aber selbst das wird dir nie mehr vergönnt sein, egal mit wem. Ich

werde dich nicht mehr loslassen, erst wenn du über dem Abgrund stehst. Da wirst du mich das letzte Mal sehen, dein Betteln und Flehen wird vergebens sein, eher werde ich dir lachend einen Stoß geben, dir hinterher schauen. Mein Gesicht wird das letzte sein, was du jemals sehen wirst. Du musst für deine Schuld büßen, aber verlange weder Erbarmen noch Vergebung von mir. Dein Untergang wird meine Wiedergeburt. Ich werde aufsteigen aus dem See der Sehnsucht. Mein Sieg wird mir meine Seele wiedergeben. Mein Herz werde ich dir entgegen schleudern, es ist jetzt aus Stein, ich brauche es nicht mehr und schenke es dir erneut. Du kannst es nicht mehr erweichen. Es wird dir wahrscheinlich den letzten Rest geben und deine Niederlage besiegeln, auf deinem Körper zerschellen. Daran wirst du mich erkennen, vorher nicht, denn mein Gesicht verberge ich hinter einer Maske. Nicht einmal dir wird es bis dahin gelungen sein dahinter zu schauen. Ich habe mich verändert, bin stärker als du mich je erlebt hast. Du hast dich immer in Sicherheit gewogen, mir unterstellt, ich würde dich immer noch lieben, aber so ist es schon längst nicht mehr. Durch den Stein, den ich in meiner Brust hatte, bin ich in der Lage Hass zu empfinden, keine Liebe mehr, aber auch das kann sich ändern. Schließlich gehört der Stein jetzt dir und mit ihm mein gesamter Hass, der dich letztendlich umbringen wird.

Dein Herz habe ich schon vor langer Zeit verlassen, ganz unbemerkt. Was war ich doch naiv deine Lügen zu glauben. Durch meine Erfahrungen hätte ich es besser wissen müssen, doch war dein Bann zu stark, als dass ich auch nur noch einen klaren Gedanken hätte fassen können. Du weißt nicht, dass ein Fluch auf dir lastet, der dich der Fähigkeit beraubt, aufrichtig lieben zu können. Dadurch verletzt du so viele Menschen, aber das ist dir egal. Dein Tod wird nicht

nur meine vollkommene Erlösung sein.
Nenne mich krank wenn du willst, es ist mir gleich. Ich nähre mich an deinem Leid, es belustigt mich, verschafft mir eine tiefe Befriedigung, die ich nie zuvor verspürt habe. Nun flehst du darum, dass ich dich erlöse, habe ich dir nicht gesagt, dass ich keinerlei Mitleid empfinde? Wie ein Wurm windest du dich, kriechst vor mir auf den Knien. Ich lache dir ins Gesicht, spucke auf den Boden zu deinen Füßen. Nein, vorbei ist es nicht, ich will dich leiden sehen und dein Leid verstärken. Du weißt nicht, welche Genugtuung ich dabei empfinde.
Ich bin noch fähig zu fühlen, auch wenn du mich vermeintlich meiner Gefühle beraubt hast. Nicht einmal beim Klang deines Namens zucke ich zusammen. Es würde mir nicht schwer fallen dich zu töten, aber warum sollte ich dich von deinem Siechtum erlösen? Ich will dir noch mehr Schmerz zufügen, immer mehr.
Jetzt sagst du, ich sei ein Psychopath, versuchst du es jetzt auf einer anderen Schiene? Was bist du doch durchschaubar, immer schon wolltest du der Größte sein, über alles und jeden erhaben, aber dein Zynismus und Sarkasmus wird dir nicht weiterhelfen. Weißt du denn nicht, dass der Übermensch reine Fiktion ist und man diesen Status in der Realität nicht erreichen kann? Bist du wirklich so dumm? Deine Naivität ist fast schon rührend, aber vergiss nicht, dass ich für dich keine Gefühle mehr habe.
Versuchst du nun, nachdem du erkannt hast, was du mir bedeutest, mich durch das Erzählen unserer gemeinsamen Erlebnisse weich zu klopfen? Auch das wird dir nicht gelingen. Meine Erinnerungen sind schon so stark verblasst, dass du sie nicht wieder beleben kannst. Nein auch das funktioniert nicht, fällt dir denn nichts Besseres ein? Wo ist denn deine, von dir so hoch gepriesene, Kreativität? Merkst du nicht

wie lächerlich du dich machst? Ich sehne mich nicht nach der Vergangenheit, viel mehr habe ich die Aussicht auf eine glorreiche Zukunft ohne dich und dass ich mich an deinem Leid ergötzen kann. Solltest du mich nicht besser kennen? Ich gab dir mein vollstes Vertrauen, habe dir mein Herzblut als Nahrung gegeben, wie gierig du es damals aufgesogen hast. Solltest du nicht in der Lage sein, es besser zu wissen, mich besser kennen und einschätzen zu können? Mit weit aufgerissenen Augen schaust du das Messer an, welches ich nun hervorgeholt habe. Das hättest du mir wohl nicht zugetraut, aber ich dachte, dass du Erlösung haben wolltest? Warum ist dein Gesicht zu dieser hässlichen, vor Schreck verzerrten Grimasse erstarrt? Ich werde dir die Klinge doch nicht in den Leib rammen, ich wollte dir nur zeigen, dass du mich und meine Fähigkeiten unterschätzt hast. Das fromme Lamm hat sich zu einem den Tod bringenden, schwarzen Engel verwandelt. Natürlich könnte ich dir erzählen, was du mir bedeutet hast, wie ich wegen dir gelitten habe, aber warum sollte ich dir meine einstigen Schwächen offenbaren? Ich kann die Vergangenheit hinter mir lassen, über den Schmerz, den du mir bereitet hast, bin ich längst erhaben. Siehst du endlich, wie weit du mich gebracht hast? Die Entwicklung ist doch positiv oder empfindest du es anders? Du kannst mir nicht mehr das Genick brechen. Gleich einem Phönix bin ich aus den Trümmern, die du hinterlassen hast, auferstanden. Ich habe mich viel zu lange gequält. Viel zu lange warst du bei mir. Fast ein ganzes Jahr habe ich gebraucht, um mit meinem inneren Dämon fertig zu werden und dachte, dass ich es nie schaffen würde. Doch was rede ich, er ist heraus gebrochen und hat seine Gestalt gewandelt. Du hast dich also in Sicherheit gewogen, warum erzählt du mir das? Das wusste ich schon. Merkst du außerdem nicht, wie deine Worte an mir abprallen, meine Miene immer versteinerter wird?

Die Liebe zu dir hat mein Leben übernommen, mich so ausgefüllt, dass alles andere unwirklich erscheint. Ob ich dich immer noch lieben könnte? Ob wir wieder zusammen finden können? Du fragst mich das in vollem Ernst?

In mir tobt ein nicht enden wollender Kampf,
Ich weiß nicht wann er begann,
Noch warum,
Ich bin innerlich zerrissen,
Ich reiße mich selbst entzwei,
Die Welt um mich herum scheint dunkel,
Langsam doch bestimmt nähert sich die Nacht,
Die Sonne sinkt unaufhaltsam,
Wird die Zeit kommen da wir leben?
Gemeinsam mein Glück?
Laufe nicht davon,
Ich sehne den Tag herbei, da wir eins sind,
Wird auch meine Seele wieder eins sein?
Tausend Stücke wie Magnete,
Sie ziehen sich an und stoßen sich doch ab,
Die Hülle der Gefolterten mag heilen, irgendwann,
Doch die Seele in Stücken kämpft um ihre Existenz,
Jeder Moment gibt Bilder vor meinen Augen,
Sie gehen, doch die Angst lassen sie zurück,
Wie nur kann ich ihnen Einhalt gebieten?
Sie schufen diesen Seelenfriedhof,
Die meine werde ich nicht an diesem Ort zurück
lassen,
Wo ich glaubte Hilfe zu finden, war nur Leere,
Ihre Augen leer und Worte trostlos,
Es waren so viele,
Doch kein Licht,
Das Versuchskaninchen wurde weiter gereicht,
Immer weiter testeten sie,
Letztendliches Raten,
Ich werde umkehren,
Diesen Weg verlassen,
Das Schicksal bietet ein Ziel,
Doch soll es so sein?
Die Laborratte lebt ihr Leben und beißt die Hand die
nach ihr greift...
Zurück bleibt meine Seele in Stücken,

100

Und der Gedanke an dich mein Leben,
Das ich beschützen werde so gut ich kann,
Die Schwertlilie steht in voller Blüte...

Wacht endlich auf. Zeigt doch euer wahres Gesicht. Warum tragt ihr immer noch diese Masken? Merkt ihr nicht, dass euer Gesicht dadurch zu einer Fratze entstellt wird? Wenn ihr sterben würdet, wäre es kein Verlust für die Welt. Ihr seid doch schon längst tot. Merkt nicht, was um euch herum passiert. Geht mit einer Ignoranz und Blindheit durch die Welt, dass mir schlecht wird bei eurem Anblick. Ich kann es nicht mehr ertragen euch zu sehen. Ich frage mich jedes Mal aufs Neue, wie es sein kann, dass ihr überhaupt eine Berechtigung zum Existieren habt. Ich hasse euch. Wirklich absolut nichts interessiert euch. Hauptsache Geld und Macht, das Streben danach gibt euch euren Antrieb zu leben. Hättet ihr den nicht, dann würdet ihr gar nicht weiter leben können. Wie kann man nur so sein? Ich verstehe es nicht.

Nichts ändert sich, selbst wenn man euch auf eure Blindheit hinweist, nicht mal dann habt ihr einen klaren Blick. Alles ist euch verwehrt. Seht doch einfach mal die anderen Menschen an und dann euch. Was werdet ihr sehen? Ihr bekommt einen Spiegel vorgehalten, deshalb schaut ihr weg, wollt euer erbärmliches Sein verleugnen.

Wo ist euer Stolz? Zertreten liegt er am Boden, ihr trampelt auf ihm herum. Nicht einmal das nehmt ihr bewusst wahr. Ihr macht euch total lächerlich. Lachen würde ich über euch, wenn ich euch sehe, aber ich kann nicht, denn es ist mir nicht nach Lachen zumute. Eher möchte ich weinen, um all das, was ihr verpasst.

Ich wünsche den Tod für die Welt. So eine Welt, wie ihr sie lebt, ihr sie im Laufe der Zeit geschaffen habt, ist nicht lebenswert. Zerstört sind alle Träume einstiger geistiger Größen. Die, die heute noch etwas Geist besitzen, oder auch Genie, nutzen es für die falschen Dinge.

Vielleicht ist der Tod aber auch schon auf die Welt

gekommen und das, was hier ist, sein Ausmaß. Wenn dies aber der Tod sein sollte, wo bekommt man dann Erlösung von all dem? Ich habe es aufgegeben mich für andere aufzuopfern, nie ein Wort des Dankes. Warum das ganze? Wieso sollte man so weiter leben. Das kann doch nicht das Ende sein, denn das Ende sollte gut und der Tod die Erlösung sein. Ihr Bastarde habt die Welt für euch gemacht, sie soll so blind sein, dass man gar nichts hat, worüber man nachdenken kann. Damit man nicht sieht, welche Fehler ihr macht, sondern es euch gleich tut. Mechanisch funktioniert ihr, alles muss sein, wie ihr es euch erdacht habt. Wenn man dagegen ankämpft, wird man ausgestoßen. Mein Innerstes ist gespalten, soll ich mich euch anschließen? So werden wie ihr? Oder doch mein eigenes Leben führen? Meinen Blutrausch ausleben? Umbringen könnte ich euch, doch ihr seid zu viele, die den gleichen Weg gehen. Ich bin abseits vom Weg, der Pfad den ich beschreite, ist überwuchert von Dornengestrüpp. Doch ich kämpfe mich hindurch. Ich zerhaue die Dornen und der Weg wird frei, damit andere mir folgen können. Doch was macht ihr da? Ihr sät Samen für die Dornen, um sie erneut wachsen zu lassen, der Weg wieder überwuchert wird. Wo ich hinsehe ist nur Gestrüpp, ich bin davon umgeben. Kein Tageslicht kommt zu mir, doch folge ich dem Weg, der mir vorgegeben ist. Unbeirrbar setze ich ihn fort. Manchmal sehe ich andere Menschen. Aber ihre Seelen sind verwahrlost, sie sind nur noch ein Schatten ihres Selbst. Man kann sie nicht mehr erkennen, bis zur Unkenntlichkeit sind sie seelisch verstümmelt. Zwar atmen sie noch, aber wer weiß wie lange noch. Ihr habt sie so weit getrieben. Sät ihr deshalb den Samen? Damit man nicht eure Gräueltaten sieht und das, was ihr diesen Menschen

103

angetan habt? Viele habe ich mittlerweile schon gesehen und dabei gehe ich diesen Weg noch nicht allzu lange.

Ich mag die Dunkelheit, sie verbirgt einiges. Zum Beispiel euch, ich muss euch nicht sehen. Ich hasse das Tageslicht; eure dumme Arroganz, Oberflächlichkeit und Ignoranz werden da sichtbar. Warum schaut ihr nicht hinter die Maske? Wovor habt ihr Angst? Angst ist nur ein weiterer Grund alles um sich herum abzuschotten. Ich habe keine Angst mehr, vor niemandem. Ekel empfinde ich vielleicht, aber keine Angst. Ihr habt mich dazu gebracht meine Angst vollständig zu vergessen. Warum sollte ich auch vor Hirntoten wie euch Angst haben? Oder vor Tieren, die auch ihr seid?

Sobald man anders ist, soll man am besten von der Bildfläche verschwinden. Warum? Ich mag Dinge, die ihr nicht verstehen könnt. Blut, der Lebenssaft, ist eines dieser Dinge. Warum fürchtet ihr euch davor? Habt ihr keines?

Manchmal kann ein Ende auch ein Anfang sein. Also werft euer bisheriges Leben über Bord, werdet wieder Menschen, lasst andere die Dinge tun, die sie tun möchten. Aber so weit reicht eure Ignoranz dann doch nicht. Sie beschränkt sich nur auf euresgleichen, sobald jemand anders ist, zeigt ihr Interesse. Legt doch darauf eure Ignoranz. Verschiebt eure Werte, wer sollte euch daran hindern?

Ihr seid doch nichts weiter als Bruchstücke der Zeit, werdet zu Asche, vergessen. Wenn ihr aus der Masse hervor tretet, kennt man euch vielleicht noch zehn oder zwanzig Jahre nach eurem Tod, aber dann versinkt ihr im Nichts, in der Gruft des Vergessens. Aber Traditionen muss man weiterführen, nicht wahr? Deshalb benehmt ihr euch wie eure Eltern, eure vorhergehenden Generationen, tragt ihr Erbe weiter. Warum sollte man auch etwas ändern, wenn es

104

schon immer so war und es jeder als gut empfunden hat? Lasst uns doch das Dritte Reich wieder beleben. Das wäre auch nur eine Weiterführung. Oder wie wäre es mit der Zeit der Könige? Der Zeit um Goethe? Dem römischen Empire? Das wäre doch auch eine Möglichkeit. Aber davor habt ihr dann Angst. Jetzt denkt ihr, ich soll mit der Zeit gehen. Und in welchem Punkt macht ihr das? War nicht schon seit Urzeiten das Streben nach Anerkennung und Macht vorhanden? Das tragt ihr weiter. Ihr übernehmt also nur die guten Dinge? Wo ist das denn gut, wenn die Menschen dadurch zu gefühllosen Maschinen werden? Nennt ihr das Fortschritt oder Weiterentwicklung?

Ich entferne mich so nur weiter von eurem Weg. Ihr sagt mir, ich laufe in die Irre, werde nie das Ziel erreichen. Was ist denn das Ziel? Den Weg zu gehen, den schon etliche vor euch gegangen sind? Wo bleibt da etwas Neues? Wie sieht es mit Innovationen aus? Ich werde mehr sehen als ihr, auch wenn niemand von meinem Weg zurückgekehrt ist. So hinterlasse ich doch diese Zeilen, vielleicht findet sie jemand, irgendwann, er weiß dann, was er noch vor sich hat und auch hinter sich. Er wird sehen, dass er nicht allein ist und war, sondern dass ich sein Gefährte bin. Das wird ihm Kraft geben den Weg weiterzugehen, meine Angaben zu vervollständigen, weiterzuführen. Und irgendwann kommt jemand zurück und wird euch sagen, was ihr verpasst habt. Bezeichnet ihr diesen dann auch als Spinner und Tagträumer? Ihr werdet ihm nicht glauben, sondern blind euren Weg weitergehen. Wenn er dann ziehen will, lasst ihn, er weiß dann worauf er sich einlässt und kann wiederum anderen helfen den Weg zu beschreiten.

Ihr haltet das also für wahnsinnige Träume? Dann lasse ich es dabei, oft genug habe ich euch Paroli geboten, versucht euch vom Gegenteil zu überzeugen. Glaubt mir einfach, dass es da noch mehr gibt als das was jeder kennt, weiß und denkt. Schließlich wisst ihr, dass viele Wege ans Ziel führen. Verdammt, warum beschreitet ihr dann alle den gleichen? Fragt ihr euch nie, warum ihr alle im Einheitsbrei ertrinken wollt und werdet? Natürlich, jetzt wisst ihr wieder nicht, was ich meine, habt keine Ahnung, wovon ich rede. Stellt euch dumm, in eurem Inneren wisst ihr, was ich euch sagen will. Lebt es doch aus! Feiglinge, Schwächlinge, das seid ihr. Ich kann es langsam nicht mehr ertragen. Verschließen möchte ich meine Ohren und Augen, euer Leid will ich nicht weiterhin sehen. Erst recht nicht, wie ihr euch darin badet, ergötzt. Ihr seid so abartig!

Seht mich doch an, ich bin auch ein Mensch, jenseits von allen Schmerzen, ich lebe das Sterben, was euer Angesicht in mir auslöst. Der Preis, den ich dafür zahle, kümmert mich schon längst nicht mehr. Im Gegenteil, ich freue mich daran, dass ich es geschafft habe euch zu überleben. Seht ihr, ich lebe noch.

Ich breche ein Tabu indem ich das hier schreibe? Wieso? Meine Meinung darf ich doch frei äußern. Es muss alles aus mir heraus, all diese Worte. Ich kann es nicht länger zurückhalten. Das muss nicht sein. Schließlich hat das Leben auch seine Vorzüge, macht Spaß. Ich hänge sehr an meinem Leben. Schon allein euch nur fünf Minuten zu beobachten, bringt mich dazu zwei Seiten zu schreiben. Seht ihr, so viel sagt ein anderer Mensch aus. Probiert es, ihr werdet sehen, man lernt viel über seine eigene Spezies. Zwar werdet ihr dann vielleicht etwas von dem geraden Weg abkommen und euch auch durch etwas Gestrüpp kämpfen müssen, aber ist es das nicht wert? Liegt es nicht in der menschlichen Natur zu kämpfen?

Immer noch findet ihr all das hier zu undurchsichtig?

Bezeichnet mich als krank? Dann bin ich es eben, auch damit kann ich leben. Sperrt mich doch weg, hängt ein Schloss davor und lasst den Schlüssel in einen Abgrund fallen. Nur um eines bitte ich euch, lasst mir Zettel und Stift da, klebt mir dafür den Mund zu, aber verbietet mir nicht zu Schreiben. Es ist das einzige, was mich dazu bringt, das alles, speziell euch, weiter zu ertragen.
Vielleicht verübe ich auch ein Massaker, keine Sorge, nur schriftlich. Ich könnte nie einem Menschen ein Haar krümmen, dafür sind sie mir zu kostbar. Von wem sollte ich dann den Stoff für meine Geschichten und Texte herbekommen? Merkt ihr wie viel Freude ihr mir bereitet?
Meine Seele blutet bei eurem Antlitz. Immer wieder reißt ihr alte Wunden in mir auf, sagte ich nicht vorhin, dass ich an meinem Leben hänge? Warum lasst ihr diese Sache nicht einfach auf sich beruhen und mich damit in Ruhe? Meine Begeisterung für euch menschliche Existenzen wird vergehen, wenn ihr weiterhin meine Narben aufreißt, in ihnen bohrt, sie immer tiefer werden lasst. Macht es euch Spaß einen Menschen leiden zu sehen? Wenn dem so ist, dann muss es wohl sein. Ich bin also krank? Vielleicht auch pervers?
Euer Tun ist so widersprüchlich, keine klare Linie ist zu erkennen. Schade eigentlich, ich dachte, ich wäre gerade dabei euch zu verstehen.
Es ist so leicht seinem Leben ein Ende zu setzen, die einen tun es aus Liebeskummer den sie nicht ertragen können, andere weil sie mit ihrem Leben nicht zurechtkommen. Bedauerlich nur, wenn sie es schaffen. Das sollte euch die Augen öffnen. Jetzt habe ich schon wieder etwas ausgesprochen worüber man nicht redet? Man sollte möglichst keinen Gedanken daran verschwenden? Warum? Sprecht doch mal aus, was sonst noch auf der Welt passiert;

es gibt nicht nur Politik, Kriege, Wahlen und andere Länder, andere Personen. Fangt doch endlich an, über euch selbst nachzudenken und es auszusprechen! Ich tue das auch. Oder zähle ich nicht als ein Mensch, als einer von euch? So jetzt bemitleide ich mich selbst? Okay, wenn ihr das denkt. Ich bin überzeugt davon, dass jeder auch Gedanken hat, die meinen ähnlich sind. Ihr denkt ich sei ein Egoist, weil ich sie ausspreche? Egoismus sollte jeder haben und ausleben, in einem gesunden Maß. Ich lebe meinen Eigensinn aus, doch ihr könnt mich nicht verstehen. Macht euch ruhig ein Bild von mir, jeder für sich. Wenn einer dann sagt, dass er es nicht verstehen kann und das alles für krank hält, dann schließt ihr euch an, schließlich war ich so dumm und habe beschrieben, wie die meisten Menschen darauf reagieren. Deshalb widersprecht ihr nicht? Sprecht eure Gedanken nicht frei aus? Habt ihr Angst so gesehen zu werden wie ich? Erbärmlich! Ein Verbündeter reicht euch nicht? Ich bin allein, was soll ich dann sagen? Soll ich in Sehnsucht nach einem Menschen, der mich versteht, der meine Gedanken teilt, versinken? Nein, damit würde ich auch meine Selbständigkeit verlieren und die Freiheit meine Gedanken so auszusprechen, wie sie mir in den Sinn kommen. Aber es ist schön, mit Gleichgesinnten diesen Gedanken nachzuhängen und sie zu teilen. Auch wenn ich darauf vergeblich warte seit einiger Zeit. Wie gesagt ich verschwende meine Zeit nicht damit mich in Sehnsüchte zu stürzen, das machen schon genug andere. Auch Liebe muss ich nicht suchen. Wenn sie kommt, nehme ich sie gern an, aber mich auf die Suche danach zu machen, käme für mich nicht in Frage. Ich kann auch ohne sie gut leben und meine Zeit, die ich einspare besser nutzen. Deshalb komme ich auch dazu solche Zeilen zu schreiben.

Kommen wir jetzt zum Thema Schmerzen. Körperliche Schmerzen sind besser auszuhalten als seelische, da sie erstens schneller wieder verschwinden und zweitens meist keine Narben hinterlassen, die man auch Jahre später wieder aufreißen kann. Wenn ich die Wahl hätte, dann würde ich mich lieber auspeitschen lassen, um dafür keine Worte mehr aufnehmen müssen, die verletzen meiner Meinung nach um einiges mehr. Natürlich trifft das nur zu, wenn man dem anderen auch zuhört und seine Worte aufnimmt, also empfänglich dafür ist und nicht blind und taub, ansonsten wäre es umgekehrt. Das versteht sich von selbst.

Mich befallen immer wieder Erinnerungen, die ich lieber abschütteln würde. Ich weiß, dass funktioniert nicht. Einmal Erlebtes kehrt immer wieder zurück, jedoch ist mir aufgefallen, dass es meistens die negativen Dinge sind. Schmerzen kommen und gehen wann sie wollen, ebenso wie Erinnerungen. Sicherlich denkt ihr, dass ihr auch schon viele Schmerzen erdulden musstet, doch dann versteht ihr mich, könnt es nachvollziehen, das hat etwas Positives.

Wenn man versucht sich so lange zu betrinken, bis man keine Gefühle mehr hat, funktioniert das nicht. Selbstversuche gelingen mir meistens nicht, das einzige, was ich damit erreiche ist, dass meine Weinflasche immer leerer wird und ich immer mehr schreiben muss. Wenn man nichts mehr fühlt, dann ist das so, als wenn man im Nichts sucht. Seitdem ich aufgehört habe zu weinen und auch andere Gefühle unterdrücke, bin ich nur noch ein Fragment meines eigentlichen Ich. Man denkt, dass man in einen Abgrund hinunter fällt, doch ist es kein Abgrund und im Endeffekt muss man feststellen, dass man genau dort ist, wo man sich die ganze Zeit über befand. Ich lehne mich gegen Konventionen auf. Ihr braucht mir nicht zu sagen, dass es sinnlos ist. Das weiß ich selbst. Selbst wenn ich noch Tausende solcher Texte schreibe, wird sich nie etwas ändern. Ich hasse die Menschen, sie sind Abschaum. Jeder einzelne, ich selbst bilde keine Ausnahme, bin nicht besser als irgendjemand sonst. Warum all das? Weil nur andere Menschen einen anderen dazu bringen können zu leiden oder im schlimmsten Fall sich das Leben zu nehmen. Zu so etwas sind nur Menschen imstande. Aus diesem Grund hasse ich sie. Es ist sehr faszinierend, wenn man seine Aggressionen und seinen Hass ausleben kann, auch wenn nicht alles gut war. Ich würde es sehr begrüßen, wenn das jeder tun würde. Ich mache mir eigentlich nicht viel daraus, wenn ich bestimmte Grenzen übertrete, die die Allgemeinheit aufgrund ihrer Moralvorstellungen und zumeist extrem überzogenen Werte aufgestellt hat.

Eine Frage, die nach wie vor interessant scheint ist, ob ich schon einmal Liebe empfunden habe. Dabei muss ich leider gestehen, dass ich das nicht so genau weiß. Auch habe ich diesen bedeutenden Satz mit den drei Worten oft benutzt, aber ob ich ihn wirklich ernst meinte, weiß ich nicht genau. Es gibt so viele Dinge, an denen ich zweifle, aber die Wahrheit ist meiner Ansicht nach das, was wichtig ist. Wer kann schon sagen und beschreiben, was Liebe ist? Ein warmes Gefühl der Zuneigung oder vielleicht ist es doch etwas anderes? Zuneigung empfinde ich auch bei anderen Menschen. Vielleicht kann ich auch gar keine Liebe mehr empfinden, so wie ich auch andere Gefühle nicht mehr wahrnehme. Ich weiß nicht, wie ich das rückgängig machen könnte.

In einer Beziehung wird man sehr schnell abhängig und vernachlässigt sich selbst, seine Bedürfnisse und seine eigenen Gefühle. Dabei geht Demjenigen eine Menge verloren. Im Nachhinein kann man das ruhig sagen. Letztens meinte eine Freundin, dass ich psychisch krank sei. Es ging darum, dass ich es nicht ertragen kann, wenn absolute Ruhe ist. Ich denke, sie hat recht, wahrscheinlich nicht nur in diesem Punkt. Jedenfalls denke ich, dass jeder etwas mitbekommen hat in dieser Hinsicht. Es ist auch nicht verwunderlich, wenn ich mir die gesamte Bevölkerung anschaue. Das schlimme ist nur, dass es bei den meisten akzeptiert wird, so lange sie dadurch nicht aus den Rahmen fallen und gegen irgendeine, nicht festgeschriebene, aber trotzdem bestehende, Regel verstoßen.

111

Zeigt euer wahres Gesicht
Diese Maske eine Fratze
Euer Weg gezeichnet von Ignoranz und Blindheit
Dieser Anblick unerträglich,
Euer Stolz zertreten am Boden
Eure Welt nicht lebenswert
Zerstörte Träume großer Geister
Die Welt für euch erbaut
Mein Innerstes gespalten
Zu viele auf diesem Weg
Doch abseits jenes Weges
Bekämpfe das Dorngestrüpp
Verwahrloste Seelen hängen darin fest
Ekel ersetzt die Angst
Hirntot und blutleer seid ihr
Tiere ohne Willen
Bruchstücke der Zeit
Doch ihr tragt ein Erbe
Streben nach Anerkennung und Macht
Der Tagträumer wird zurückkehren
Träume des Wahnsinns?
Verschließen möchte ich meine Augen
Doch darf ich meine Meinung frei äußern
Zettel und Stift das einzig wichtige

Hass – du mein Freund. Süßes Gefühl der Gerechtigkeit. Lieber Begleiter meines Weges. Du machst mich rasend vor Wut. Warum können die anderen mich nicht verstehen, warum werden sie mich nie verstehen? Förderst das Tier in mir vor lauter Ekel und Abscheu. Was würdest du sehen, wenn du in meine Seele schauen könntest? Narben, tiefe Narben und Wunden, die noch mit frischem Blut überzogen sind, das langsam verkrustet. Hässlich sind die Narben. Du hast meine Seele verstümmelt, meine Gefühle. Nichts wird sein, wie vorher, zurück bleibt nur ein Verlangen, dass die Wunden immer wieder aufreißt.

Dieses tief empfundene Gefühl, Liebe, kann ich nicht einfach abstellen Mein Herz ist tot, nie wieder möchte ich so tief verletzt werden, von keinem. Ich will keine Gefühle mehr. sondern verdränge und kontrolliere sie nur noch, damit sie bald vorbei sind und ich wieder frei leben kann.

Heute ist der Tag der Sterbenden. Sie wenden sich gegen ihre Erzfeinde, schneiden ihnen Grimassen und verhöhnen sie. Frustration kennen sie nicht mehr. Sie haben keine Zukunft und ihre, mit Blut besudelte, Vergangenheit interessiert nicht mehr. Zerfetzt liegen ihre Gefühle im Dreck. Ihre Anstrengungen blieben unbezahlt. Durch ihre Raserei werden sie unzurechnungsfähig. Die Lippen sind in das Fleisch derer gepresst, die die blühenden Scherben zerstört haben. Trotzdem bleibt alles so, wie es ist. Alle Farben sehen sie nur noch schwarz. Dabei wünschten sie einst nur springen und sich fallen lassen zu können; aber niemand hielt sie auf. Am Ende haben sie doch verloren. Die Zeit war grausam, sie ließ Wunden entstehen, heilte sie wieder und riss sie später erneut auf. Egal ob nun in der tiefsten Nacht, den dunkelsten Stunden oder dem hellsten Tage. Ihre Hoffnungen konnten sie ins Wasser werfen

113

und hinfort treiben lassen, sie waren zur Illusion geworden. Die hasserfüllten Blicke lassen sie umher schweifen, um sich derer zu bemächtigen, die sich für übermenschlich halten. Ihnen ihre verfälschte Wahrheit offen legen, um in ihre Psyche einzudringen, ihnen ihre Einfältigkeit zu zeigen und ihre Schande zu offenbaren. Diese verachtenswerten Existenzen! Die unsichtbare Erkenntnis sticht gnadenlos zu. Im Todeskampf regt sich ihr egoistischer Geist, versucht sie einzuholen. Doch zu spät, der Chor des Wahnsinns hat längst schon seine Stimmen erhoben und ihre Seele brach gelegt. Die Qual ist endlos und sättigt sie mit dem Gestank ihres Hochmutes. Erstickt sind die Emotionen des Bastards, der angsterfüllt am Boden kriecht, unfähig seinen Hilfeschrei nach Beständigkeit auszustoßen. Wollt ihr so enden? Ist es das, wofür ihr euren Ehrgeiz verschwenden wollt, um Glanz entstehen zu lassen? Die sanftesten Windstöße bringen eure Deckung zum Einsturz und machen so eure Vorbereitung zunichte. Eure Aura wird dabei verwesen, wie auch eure Leichen. Passt auf, um nicht in diese selbst erstellte Gefangenschaft zu geraten. Gehabt euch wohl!

Wir sind keine Kreaturen des Himmels,
blutüberströmt gebrochener Schwingen,
noch Wesen der Dunkelheit,
die tränenreich die Nacht besingen,
nein nur Erdenkinder,
wahre Teufel, blind wie Schafe,
die vor lauter Egoismus,
nicht einmal ihr Spiegelbild erkennen,
ich finde für all das nicht die passenden Worte,
Gefühle drängen nach außen,
sie verdunkeln meinen Blick,
doch erleuchten sie die wahre Welt,
wie finde ich die Kraft dies zu ertragen,
blind will ich sein und taub,
doch werden mein Herz und meine Stimme niemals
schweigen,
die Wahrheit werden sie zu euch schreien,
werden auch eure Sinne taub sein,
der Funken der Hoffnung bleibt,
nur eine reine Seele,
so wird mein Herz ruhig sein,
doch niemals schweigen.....